А. П. Чехов

ДЯДЯ ВАНЯ

Дядя Ваня

ワーニャ伯父さん

四幕からなる田舎暮らしの情景

А. П. Чехов

チェーホフ　安達紀子 訳

群像社

目次

ワーニャ伯父さん

四幕からなる田舎暮らしの情景

登場人物

セレブリャコフ（アレクサンドル・ヴラジーミロヴィチ）　退職した教授。

エレーナ・アンドレーエヴナ（エレーヌ、レーナチカ）　セレブリャコフの妻、二十七歳。

ソーニャ（ソフィヤ・アレクサンドロヴナ、ソフィー）　セレブリャコフと先妻ヴェーラの娘。

ヴォイニツカヤ（マリヤ・ワシーリエヴナ）　三等官の未亡人。ヴォイニツキー（ワーニャ）と

　ヴェーラの母。

ヴォイニツキー（イワン・ペトローヴィチ、ワーニャ）　ヴォイニツカヤの息子、ソーニャの伯父。

アーストロフ（ミハイル・リヴォーヴィチ）　医者。

テレーギン（イリヤ・イリイチ）　零落した地主、ソーニャの名付け親。

マリーナ　年老いた乳母。

下男

舞台はセレブリャコフの屋敷。

第一幕

庭。テラスがある屋敷の一部が見える。並木道に屹立する古いポプラの木陰に、お茶の用意が整ったテーブル。いくつかベンチと椅子が並んでいる。ベンチのひとつにギターが置かれている。テーブルの近くにブランコ。昼の二時過ぎ。どんよりと曇っている。マリーナ（病気がちで動作も緩慢な老婆。サモワールのそばに腰かけ、靴下を編んでいる）とアーストロフ（そのそばを歩きまわっている）。

マリーナ　（コップに注ぐ）お飲みなされ、あんたさん。

アーストロフ　（いやいやコップを受け取り）なんだか、ほしくないな。

マリーナ　もしかして、ウォッカをお飲みなさるか？

アーストロフ　やめとこう。毎日ウォッカを飲むわけじゃないよ。それに蒸し暑いし。間。

アーストロフ　ばあやさん、ぼくたちが知り合ってから、どのぐらいになる？

マリーナ　（考え込んで）どのぐらい？　そうさねえ……あんたさんがこの土地にやって来なすったのは……いつだっけ……まだソーニャちゃんのおかあさんのヴェーラお嬢さまが、生きておいでなった。ヴェーラお嬢さまがまだおんなったとき、あんたさんはふた冬、この屋敷に通いなすった……ああ、てことは十一年ぐらいになるかねえ。（ちょっと考えて）もしかしたら、もっとかねえ……

アーストロフ　そのときと比べて、ぼく、ひどく変わったかな？

マリーナ　ええ、ずいぶんとね。あんときはお若くて、美男でいらしたけど、今じゃ老《ふ》けなすったなあ。男ぶりも、もう昔ほどじゃ。そんうえ、ウォッカも飲みなさる。

アーストロフ　そうだな……この十年で別人になってしまった。だけど、なんのせいで？　働きすぎたんだ、ばあやさん。朝から夜中まで動きまわって、安らぐ暇もない、夜中になって寝床についても病人のところに引っ張って行かれたらどうしようって気が気じゃない。ばあやさんと知り合ってからずっと一日たりとも暇なときなんかなかった。これじゃ老けるのも当然だ。それに生きるってこと自体、退屈で、ばかげていて、汚らわしい……生活ってやつがまとわりついてくる。まわりにいるのは変人ばかり、至るところ変人ばかりだ。そんな連中と一緒に二、三年ばかり暮らしていると、こっちも自分じゃ気づかないうちにだんだん変人になっていく。避けられない運命ってやつだ。（自分の長い口髭をひねる）ほら、髭が途方もなく伸びちまった……ばかげた髭だ。ぼくは変人になってしまったよ、ばあやさん……ぼけてしまったかと言えば、まだそうでもない、ありがたいことに頭はしっかりしている、だけど感情の方は鈍ってしまった。なにもしたくないし、なんにもいらない、誰のことも好きになれない……ばあやさんは別だけど。（ばぁやの頭にキスをする）子供のころ、ぼくにもばあやさんみたいな乳母がいたんだ。

マリーナ　もしかして、なにか食べなさるか？

アーストロフ　いらないよ。復活祭の前に疫病がはやったマリニツコエ村に行った……発疹チフスだ……百姓小屋でみんな雑魚寝していた……不潔で、悪臭が漂い、煙が立ち込め、仔牛が何頭か床に寝そべり、その横に病人たちが寝かされていた……子豚までいた……ぼくは一日中働き通しで、すわることもままならず、飲まず食わずで家に帰ったというのに、休ませてはもらえない。鉄道から転轍手が運び込まれてきた。手術をするためにその男をテーブルの上に寝かせて、クロロホルムを嗅がせたとたん、なんと死んでしまった。こんなときよりによって、ぼくのなかで感情が目覚めて、良心が疼《うず》いた、まるでぼくが故意にその男を殺したみたいにね……ぼくはすわって、こんなふうに目を閉じると、考えるんだ、ぼくたちがいなくなってから百年、二百年後、この世に生きる人たち、つまりいまぼくたちが道を切り開いてあげている人たちは、ぼくたちのことをよくやったって思ってくれるだろうか？　だってそうは思ってくれないだろう、ばあやさん。

マリーナ　人はそう思っちゃくれない、だけど神さまは思っていてくださる。
アーストロフ　そうか、ありがとう。いいこと言ってくれるね。

ヴォイニツキー（ワーニャ）、登場。

ヴォイニツキー　（家の中から出てくる。彼は昼食のあと熟睡したので、だらしない様子、ベンチに腰かけ、自分の粋なネクタイを直す）そうだなあ……

間。

ヴォイニツキー　そうだよなあ……
アーストロフ　よく寝たのかい？
ヴォイニツキー　ああ……ぐっすりね。（あくびをする）このうちに教授殿とその奥さまが住みはじめてから、生活のリズムが狂っちまったなあ……夜更かしはするわ、ランチもディナーもカラフルなソース三昧、ワインも出るわ……不健康このうえない！　今までは一分たりとも暇なときなどなかった、ぼくもソーニャもずいぶんよく働いた。だけど今じゃ働いてるのはソーニャだけ、ぼくときたら、寝て、食って、飲んで……いかんなあ！

マリーナ　（首を振りながら）もう滅茶苦茶です！　教授先生は十二時に起きなさるけど、サモワールは朝から煮立って、ずーっと教授先生を待ちあぐねてます。教授先生たちがおられれんときは人様と同じように十二時過ぎにお昼を食べてましたけど、先生がおられると六時過ぎになっちまいます。夜中になると、先生は読み書きをしなさる、一時過ぎごろに急に呼び鈴が鳴るじゃありませんか……どうなすったのかしら、びっくりしたって思ってると、お茶をくれ、と言いなさる……先生のお為なら人を起こして、サモワールを用意しろってなもんです。もう滅茶苦茶です！

アーストロフ　それで、あの人たちはここにまだずっといるのかい？

ヴォイニツキー　（口笛をピューッと吹く）あと百年はね。教授殿はここに居座ることにしたんだ。

マリーナ　そう、今だって、サモワールがもう二時間もテーブルの上で待ちあぐねてるってのに、先生方はお散歩に行かれた。

ヴォイニツキー　ほーら、お帰りだ、お帰りだ……そう心配しなさんな。

声が聞こえる。散歩から戻って来たセレブリャコフ、エレーナ・アンドレーエヴナ、ソーニャ、テレーギンが庭の奥の方から現われる。

セレブリャコフ　すばらしい、じつにすばらしい……じつに見事な景色だ。
テレーギン　ほんとすてきですね、閣下。
ソーニャ　あしたは森へ行きましょうよ、パパ。行くわよね？
ヴォイニツキー　みなさん、お茶を飲みましょう！
セレブリャコフ　お茶は書斎に持ってきてくれたまえ、お願いするよ！　きょうはまだいろいろやることがある。
ソーニャ　パパ、きっと森が気に入るわ……

エレーナ・アンドレーエヴナ、セレブリャコフ、ソーニャは家の中に入る。テレーギンはテーブルの方に歩いて行き、マリーナのそばに腰かける。

ヴォイニツキー　暑いなあ、蒸すなあ、なのにうちの偉大なる学者先生は、コートに、オーバーシューズに、傘に、手袋までなさっている。
アーストロフ　きっと大事をとってるんだろう。
ヴォイニツキー　あの人はなんて綺麗なんだろう！　ほんとに綺麗だ！　これまで、あんなに美しい女性を見たことがない。
テレーギン　マリーナさん、ぼくは草原を馬に乗って駆けて行っても、この日陰のお庭を散歩していても、このテーブルを眺めていても、なんともいえない幸福を感じるんです！　空はこの上なく晴れわたり、小鳥はさえずり、ぼくたちはみんな穏やかに仲良く暮らしている。これ以上、なんにもいりません。（コップを持ちあげる）じつにありがたいことです。
ヴォイニツキー　（夢見心地に）あの瞳……ああ、たまらなくいい女だ！
アーストロフ　なにかおもしろい話はないのかい、ワーニャ君。
ヴォイニツキー　（けだるそうに）何を話せっていうんだ？
アーストロフ　なにか目新しいことはなかった？
ヴォイニツキー　別になんにも。相変わらずだ。ぼくはなんにも変わらない、たぶん、ひどくなったよ。というのも怠け癖がついて、なんにもしないで、耄碌《もうろく》じいさんみたいに文句ばっかり言ってるよ。ぼくのかあさんときたら、こうるさいカラスみたいに、年甲斐もなく女性解放の話ばかりのたまうし、片足を棺桶に突っ込みながら、かしこぶった自分の蔵書の中に新しい生活の曙とやらを見出そうとしている。
アーストロフ　で、教授殿は？
ヴォイニツキー　教授先生は相変わらず、朝から夜遅くまでご自分の書斎に籠られて、書き物をなさってるよ。「頭を抱え、額にシワ寄せ、詩を書けども書けども、己《おのれ》にも、己の詩にも賞讃の言葉、ついぞ聞かれず」ってね。可哀そうなのは紙だよ！　あの先生は自伝でも書けばいいんだ。とびっきりのストーリーだ！　退職した教授の話だけど、いいかい、そいつは老いぼれのカスカス野郎で、魚の干物みたいな学者だ……痛風にリューマチ、偏頭痛持ちで、嫉妬と妬みで肝臓も肥大しちまってる……この干物野郎が先妻の領地で暮らしてる、それもいやいやな。都会に住むのは高くつくってわけだ。延々と己の不幸を嘆いてるけど、実際、この上ない幸せ者だ。まったく驚くよ、どこまで運がいいんだ！　ただの輔祭の息子で神学校の生徒だったやつが、学位を得て大学の講座を任され、閣下と呼ばれるご身分になって、議員の娘婿に収まった。だけど、それはどうってこともない。肝心なのは、まるで芸術のことなどわかっちゃいないくせに、まるまる二十五年間、芸術について読んだり書いたりしてきたってことだ。二十五年間、あいつはリアリズムだの、ナチュラリズムだの、いろんなくだらん何とかイズムについて他人の考えを受け売りしてきたんだ。二十五年間、賢い連中はとっくの昔に知っていて、頭の悪い連中にはくそ面白くもないことを読んだり、書いたりしてきたんだ。つまり二十五年間、空っぽの理論をこねまわしてきたんだ。それでいて、なんという自惚《うぬぼ》れようだ！　なんという思い上がり！　退職したら、だれっひとり、あいつのことなんか知る人間はいない、まったくの無名じゃないか。つまり、二十五年間、他人の椅子にふんぞり返っていたんだ。なのに、どうだ、神の申し子と言わんばかりのあの歩き方。

アーストロフ　どうやら、きみは、嫉妬してるようだね。

ヴォイニツキー　ああ、大いにね！　それに女に持てることといったら！　いかなるドン・ファンも、あれほど完璧な成果を収めはしなかった！　あいつの最初の妻はぼくの妹だ。じつにすばらしい、心の優しい妹だった。まさにこの青空のように純粋で、気品があって、おおらかで、妹を慕う男の数はあいつの生徒の数より多かった。そんな妹があいつのことを愛してたんだ。清らかな天使が自分と同じぐらい清らかで素晴らしい相手を愛するときにしかあり得ないような愛し方でね。ぼくのかあさん、つまりあいつの姑はいまだにやつを崇拝していて、あいつは今でもかあさんの中に神聖なる畏怖の念を呼び起こしている。あいつの二番目の妻は美人で聡明——たったいま、あの人を見ただろう——あの人はあいつがもうよぼよぼになってるっていうのに妻になり、自分の若さ、美しさ、自由、あのきらきらとした輝きをやつに捧げたんだ。なんでなんだ？　どうしてなんだ？

アーストロフ　あの人、浮気はしないの？

ヴォイニツキー　残念ながらね。

アーストロフ　なんで、残念ながら、なんだ？

ヴォイニツキー　なんでって、あの貞淑ぶりは一から十まで嘘くさいからさ。あんなのは綺麗に取り繕ってるだけで、まるで筋が通っちゃいない。いやでたまらない老いぼれの夫を裏切るのは不道徳だが、己の中に哀れにも湧き起こる若さと生きた感情を押し殺すのは不道徳じゃないってわけだ。

テレーギン　（泣き声で）ワーニャ、そんな話、聞きたくもないよ。あー、まったく、そうだよなあ……妻や夫を裏切る者は、つまりは不誠実な人間で、そういう人間は祖国をも裏切りかねない。

ヴォイニツキー　（いまいましげに）黙れよ、ワッフル！

テレーギン　言わせてくれよ、ワーニャ。ぼくの妻は結婚式の翌日、好きな男と一緒に逃げてしまった、ぼくのこの冴えない見てくれのせいでね。その後もぼくは自分の義務を果たしているんだ。ぼくは今でも妻を愛しているし、誠意を尽くして、できる限り援助をし、妻と好きな男の間にできた子供の養育費のために全財産も投げうった。幸福は得られなかったけど、プライドだけは残っている。で、妻のほうはどうかって言うと、若さはすでに失われ、美しさも自然の摂理のもとに色褪せ、好きな男も亡くなってしまった……妻にはいったい何が残ったろう？

ソーニャとエレーナが入ってくる。少し経ってから、本を持ったマリヤ・ワシーリエヴナも入ってくる。マリヤ・ワシーリエヴナはすわって、本を読む。紅茶を渡されると、彼女はそれを見もしないで飲む。

ソーニャ　（急いで、ばあやに）ばあや、あっちにお百姓さんたちが来てるの。行って話してきて、お茶はあたしが入れるから……（紅茶を注ぐ）

ばあや（マリーナ）は退場する。エレーナ・アンドレーエヴナはブランコに腰かけ自分のカップを手に取って、紅茶を飲む。

アーストロフ（エレーナ・アンドレーエヴナに）ぼくはご主人のために来たんですよ。「主人はひどく具合が悪いです、リューマチか何かで」って、貴女《あなた》は書いて寄こしましたけど、来てみると元気そのものじゃないですか。

エレーナ　昨日、主人はふさぎ込んでいて、足が痛いってぼやいてましたけど、きょうはなんともなくて……

アーストロフ　こっちは大急ぎで三十キロも馬を飛ばしてきたんですよ。まあ、いいでしょう、いつものことだ。その代わり、明日までお宅にいさせてもらいますよ、少なくとも、思う存分寝られるなあ。

ソーニャ　それはすてき。先生がうちに泊まってくださるなんて、ほんと滅多にないことですもの。お昼はまだですよね？

アーストロフ　はい、まだいただいておりません。

ソーニャ　ちょうどよかったわ、召し上がってくださいね。いまじゃあたしたち、六時過ぎにお昼をいただくんです。（お茶を飲む）まあ冷たいお茶！

テレーギン　サモワールのお湯の温度は著しく低下しております。
エレーナ　大丈夫ですわ、イワンさん、あたしたち、冷たいのをいただきますわ。
テレーギン　失礼でございますが……私はイワンではなく、イリヤでございます……イリヤ・イリイチ・テレーギンと申します。もっとも、このあばた面のせいでワッフルと呼ぶ者もおります。私はかつて洗礼式でソーニャさんの名付け親を務めましたので、閣下、つまり貴女さまのご主人も私のことをよくお見知りおきくださっています。いまでは、こちらのお屋敷に住まわせていただいております……お気づきのことと存じますが、お食事も毎日ご一緒させていただいております。
ソーニャ　テレーギンさんはうちのことを手伝ってくださってるの、あたしたちの右腕よ。（優しく）さあ、おじさん、もう一杯お注ぎしましょう。
マリヤ・ワシーリエヴナ　ああっ！
ソーニャ　どうなさったの、おばあさま？
マリヤ・ワシーリエヴナ　アレクサンドルに言うのを忘れてたわ……物忘れがひどいわねえ……きょう、ハリコフのパーヴェルさんからお手紙を受け取ったの……ご自分の新しい小冊子を送ってらして……
アーストロフ　おもしろいですか？
マリヤ・ワシーリエヴナ　おもしろいんだけど、なんだか変なのよ。七年前にご自分が擁護してらしたことを、今度は反駁してらっしゃるの。それってひどいじゃない！

ヴォイニツキー　別にひどくなんかないよ。それより、お茶飲んだら、かあさん。

マリヤ・ワシーリエヴナ　だけど、私は話がしたいの！

ヴォイニツキー　だけどぼくたち、もう五十年間、ずーっとお喋りばっかり、お喋りして、小冊子を読んで。もうそろそろ終わりにしないと。

マリヤ・ワシーリエヴナ　おまえはどういうわけか、私の話を聞くのが嫌なんだねえ。こう言っちゃなんだけど、ジャン、おまえは最近すっかり変わってしまって、まるで別人みたいだよ……おまえは確固とした自分の信念を持った、前向きな人だったのに。

ヴォイニツキー　そうだよ！　ぼくは前向きな人間だったけど、それによって誰ひとり進歩しなかったじゃないか……

間。

ヴォイニツキー　ぼくが前向きな人間だったって……これ以上の嫌味があるもんか！　ぼくはもう四十七歳だ。去年までは、ぼくもかあさんと同じように、そのお気に入りの哲学とやらで自分の目をわざと曇らせようとしてきた、本当の生き生きとした生活に目を向けないようにね、そして、それでいいって思ってたんだ。だけど今じゃ、わかるかなあ、この気持ち！　ばかみたいに時を無駄に過ごしてしまった悔しさやら、腹立たしさやらで夜も寝られやしない。ぼくだって何もかも手に入れられたのに、今じゃ年のせいで、すべてが不可能だ。

ソーニャ　ワーニャ伯父さん、そんな話、つまんないわ！

マリヤ・ワシーリエヴナ　（息子に）おまえはどういうわけか、以前持っていた信念を非難しているようだね……だけど悪いのは信念じゃなくて、おまえ自身だよ。信念そのものなんて取るに足りないもので、死んだ文字にしか過ぎないってことをお忘れかい……ちゃんとした仕事をすべきだったのよ。

ヴォイニツキー　仕事だって？　誰もが延々と物を書き続けるマシーンになれるわけじゃないよ、かあさんのお気に入りの教授先生みたいにね。

マリヤ・ワシーリエヴナ　それ、なにが言いたいの？

ソーニャ　（哀願するように）おばあさま！　ワーニャ伯父さん！　やめて、お願いだから！

ヴォイニツキー　黙るよ。黙る、そして謝るよ。

間。

エレーナ　それにしても、きょうはいいお天気ね……暑くないし……

間。

ヴォイニツキー　こんな天気のいい日に首つり自殺でもしたら、最高だ……

テレーギンはギターの調弦をする。マリーナが家の周りを歩き、鶏を呼ぶ。

マリーナ　トー、トー、トー……
ソーニャ　ばあや、お百姓さんたち、なんで来たの？
マリーナ　いつもとおんなじ、またうちの空き地のことでね。トー、トー、トー……
ソーニャ　どの子を呼んでるの？
マリーナ　ぶちの雌鶏がひよこたちを連れてどこかに行っちゃって……カラスにさらわれなきゃいいんだけどねえ……（立ち去る）

テレーギンがポルカを奏でる。みな黙って聞いている。下男、登場。

下男　お医者の先生はこちらですか？（アーストロフに）アーストロフ先生、お願いします、お迎えが来てます。
アーストロフ　どこからだ？
下男　工場からです。
アーストロフ　（いまいましげに）大いにありがたいねえ。それじゃ、行かなきゃ……（目で帽子を探す）いやなこった、まったくもう……
ソーニャ　いやですわね、ほんとに……工場からお食事にいらして。
アーストロフ　いやあ、遅くなります。こりゃ……どうしようもないな……（下男に）そうだ、きみ、ウォッカを一杯、持ってきてくれないか、ぜひともね。（下男、退場）こりゃ……どうしようもないな……（帽子を見つける）オストロフスキーのどの戯曲だったか、口髭ばかり大きくて、まるで能のない男が出てくる……それが、このぼくだ。それじゃ、失礼しますよ、みなさん……（エレーナ・アンドレーエヴナに）もし、いつか拙宅を覗いていただけたら、ソーニャさんとご一緒にでも、そしたら、心から歓迎しますよ。うちの敷地は小さくて、せいぜい三十ヘクタールぐらいしかありませんが、もし興味がおありでしたら、申し分のない庭、苗木園をお見せしますよ。こういうのは、千キロメートル四方探しても見当たりませんからねえ。うちの隣には国有林がありますが……そこの管理人はもう年で、いつも病気ばかりしていますので、実際のところはぼくがすべて肩代わりしているんです。

エレーナ　あなたが森にたいへん入れ込んでいらっしゃることは、もう伺っておりますわ。もちろん、それは非常に有意義なことでしょうね。でも、あなたが本来の使命を果たす邪魔にはなりませんか？　だって、あなたはお医者さまでいらっしゃるでしょう。

アーストロフ　何が本来の使命かなんて、神のみぞ知る、ですよ。

エレーナ　でも、おもしろいんですか？

アーストロフ　はい、おもしろい仕事ですよ。

ヴォイニツキー　（皮肉たっぷりに）ひっじょうにね！

エレーナ　（アーストロフに）あなたはまだお若いわ、見たところ——まあ、三十六、七歳かしら……だから、あなたがおっしゃるほどおもしろいはずがありませんわ。四六時中、森、森、森ばっかりだなんて。味気ないと思います。

ソーニャ　いいえ、すっごくおもしろいんです。アーストロフ先生は毎年、新しい樹々を植えていらっしゃるから、すでに銅メダルや賞状までもらってらっしゃるの。昔ながらの森がなくなってしまわないように、先生は奔走してらっしゃるのよ。もし、あなたが先生の話をよくお聞きになったら、そのお考えにすっかり賛成なさるわ。先生がおっしゃるには、森は大地を彩り、人間がうつくしいものを理解するように導き、厳《おごそ》かな気分にさせてくれるの。森は厳しい気候をやわらげてくれる。穏やかな気候の国では自然との闘いにそれほど力を注がなくてもいいので、そこの人たちは穏やかで優しいの。そういう国の人たちはみめ麗しく、しなやかで、どんなことでもすぐにやる気を起こすの。話し方も優美なら、身のこなしも優雅。そういう国では学問や芸術が栄えて、哲学も暗いものではなく、女性に対する態度にも優美な気品があふれているの……

ヴォイニツキー　（笑いながら）ブラーヴォ、ブラーヴォ！……何から何まで好感の持てる話だけど、説得力がないねえ。だから（アーストロフに）きみ、今までどおり薪で暖炉を焚きつけ、木で納屋を造るのを許してくれよ。

アーストロフ　暖炉は泥炭で焚けるし、納屋は石で建てられる。必要なら森を伐採してもいいだろう、だけどなにも森を絶滅させることはあるまい？　ロシアの森は斧の一撃のもとに悲鳴をあげ、数十億の樹々が死に絶え、動物や鳥たちの棲み処《か》は荒れ果てる。川は浅くなって干上がり、すばらしい風景が永久に失われてしまった。それというのもすべて、怠惰な人間には、身を粉にして燃料を掘り起こそうという分別が足りないからなんだ。（エレーナ・アンドレーエヴナに）そうじゃありませんか、奥さん。自らの暖炉の中でこの美しいものを燃やし、自分たちには創り出せないものを破壊するなんて、無謀な野蛮人のすることです。与えられたものを増やすために、人間には理性と創造する力が備わっているのです。それなのに、人間は今に至るまで創るどころか、破壊を繰り返してきました。森はますますまばらになり、川は干上がり、野生の鳥や動物は居場所を失い、気候は損なわれ、日に日に大地はますますやせ細り、貧弱になっていくのです。（ヴォイニツキーに）ほら、きみはぼくのことを皮肉っぽい目で見ているね、ぼくが話していることは、きみにはうわ言としか思えないんだろう、もしかしたら、本当にこれは変人のすることなのかもしれない、だけど、ぼくが伐採から救った百姓たちの森のそばを通ったり、ぼくが自分の手で植えた、生まれたばかりの森がざわめくのを耳にしたりするとき、ぼくはひしひしと感じるんだ、気候だって少しばかりはぼくの手のうちにあるし、もし千年たったあと人びとが幸福だとしたら、ぼくも少しばかりはそれに貢献したんだとね。ぼくが白樺を植えて、そのあと白樺が緑の葉をつけて風にゆられているのを目にすると、ぼくの心は誇りで満たされ、そしてぼくは……（ウォッカのグラスをお盆に載せて運んでくる下男を見て）だけど……（飲む）時間だ。こんなのはぜんぶ変人のすることかもしれない、結局のところはね。では失礼しますよ！（屋敷の方に歩いて行く）

ソーニャ　（アーストロフと腕を組み、一緒に歩いていく）今度はいつ、うちに来てくださるの？

アーストロフ　わかりません……

ソーニャ　また一カ月後？……

アーストロフとソーニャ、家の中へ立ち去る。マリヤ・ワシーリエヴナとテレーギンはテーブルのそばに残る。エレーナ・アンドレーエヴナとヴォイニツキーはテラスの方に行く。

エレーナ　ワーニャさん、あなたはまた、どうしようもないことをなさったわね。なにも、おかあさまを苛立たせて、「延々と物を書き続けるマシーン」なんて言わなくっても！　それに今日、朝食のとき、あなたはまた主人と言い合ったりして。あんなつまらないことで！

ヴォイニツキー　でも、ぼくはあなたのご主人を憎んでいるんだよ！

エレーナ　主人を憎む理由なんてどこにあるの、主人はみんなとおんなじよ。あなたよりひどいってこともないわ。

ヴォイニツキー　あなたが自分の顔やその仕草を自分の目で見ることができたらなあ……なんてけだるそうに生きてるんだろう！　ああ、なんてけだるそうなんだ！

エレーナ　ああ、けだるいし、やりきれない！　みんなが主人を非難して、わたしのことを憐れみの目で見ているの、可哀想に、あんな年寄りのだんなさんでって。わたしは同情されてるんだって――ああ、ほんと、よくわかるの！　さっきアーストロフ先生がおっしゃったように、あなたがたはみんな分別もなく森を破壊していって、そのうち、この地上には何も残らなくなるわ。それと同じように、あなたがたは分別なく人間も破滅させて、そのうち、あなたがたのせいで、この地上には誠実さも、清らかさも、自分を犠牲にする力もなくなってしまうわ。なぜあなたは、ご自分のものでもない女性のことを放っておけないの？　なぜなら、アーストロフ先生がおっしゃったように、あなたがたみんなの心の中に破壊の魔物が棲んでいるからだわ。あなたがたは、森にも、小鳥にも、女性にも、お互い同士にも憐れみを感じることがないのよ。

ヴォイニツキー　そういう屁理屈、嫌いだなあ！

間。

エレーナ　あの先生、疲れたような神経質なお顔ね。魅力的なお顔だわ。ソーニャはきっと先生のことが好きなのね、先生に恋しているんだわ、わたし、ソーニャの気持ちがわかる。わたしがここに来てから、先生はもう三回もいらしてる、なのにわたしは内気だから、一度も先生とちゃんとお話してないし、親切な言葉もかけなかった。先生はわたしのこと、意地悪だって思ってらっしゃるでしょうね。ワーニャさん、たぶんわたしたちがこんなに気が合うのは、ふたりとも退屈でおもしろくもない人間だからだわ！　退屈な人間よ！　そんなふうにわたしを見ないで、そういうの嫌い。

ヴォイニツキー　ほかに見ようがありません、あなたを愛してるんだから。あなたはぼくの幸せ、ぼくの命、ぼくの青春だ！　あなたと両想いになる可能性はほとんどない、ゼロに等しいってわかっているけど、ぼくはなにも求めてはいない、ただあなたを見つめ、その声を聞いているだけでいいんです……

エレーナ　やめて、人に聞かれるわ！

ヴォイニツキーとエレーナ・アンドレーエヴナは家の方に歩いて行く。

ヴォイニツキー　（エレーナ・アンドレーエヴナの後を歩きながら）ぼくに愛の言葉を語らせてください、やめろ、なんて言わないで、それだけでぼくは物凄く幸せなんですから……

エレーナ　もう、たくさん……

ふたりは家の中へと立ち去る。テレーギンは弦をはじいて、ポルカを奏でる。マリヤ・ワシーリエヴナは小冊子の余白に何か書き込んでいる。

（幕）

第二幕

セレブリャコフ家の食堂。夜中。庭で屋敷の見張り番が拍子木を打つ音が聞こえる。セレブリャコフ（開け放たれた窓の前の椅子に腰かけ、まどろんでいる）とエレーナ・アンドレーエヴナ（セレブリャコフのそばにすわり、やはりまどろんでいる）。

セレブリャコフ　（はっと気づいて）そこにいるのは誰だ？　ソーニャか？
エレーナ　わたしです。
セレブリャコフ　ああ、きみか、レーナチカ……耐えがたい痛みだ！
エレーナ　膝掛けが床に落ちたわ。（セレブリャコフの足をくるんでやる）あなた、窓を閉めるわね。
セレブリャコフ　いや、私はむし暑い……いま、うとうとしていて夢を見たが、私の左足がまるで他人の足みたいなんだ。ひどい痛みで目が覚めた。いや、これは痛風じゃなくて、リューマチだ。いま何時だ？
エレーナ　十二時二十分よ。

間。

セレブリャコフ　朝になったら、書庫でバーチュシュコフの本を探してくれ。あれはうちにあったと思う。

エレーナ　えっ？

セレブリャコフ　明日の朝、バーチュシュコフの本を探してくれ。うちにあったのを覚えている。それにしても、なんでこう息苦しいんだ？

エレーナ　お疲れなのよ。もう二晩も寝てらっしゃらないから。

セレブリャコフ　ツルゲーネフは痛風から狭心症になったそうだ。私がそうならなきゃいいが。年をとるというのは、呪わしく、忌まわしいことだ。なんてことだ。年をとると、自分で自分がいやになる。だいたい、きみたちみんな、私を見るのもいやだろうね。

エレーナ　年をとったのが、まるでわたしたちのせいみたいにおっしゃるのね。

セレブリャコフ　きみが誰よりも、私のことをいやがってるんだろうね。

エレーナ・アンドレーエヴナはその場を離れ、少し遠くにすわる。

セレブリャコフ　たしかに、きみの言うとおりだ。私もばかじゃないから、わかるよ。きみは若くて、健康で、美しい、人生を楽しみたい、ところが私ときたら年寄りで、ほとんど生ける屍《しかばね》だ。どうしようもない。私だってわかっている。もちろん、私がいまだに生きているのは、愚かしいことだ。だけどもう少しの辛抱だ、じきにきみたちみんなを解放してあげるよ。もうそんなに長くはないから。

エレーナ　わたし、もうへとへとよ……お願いだから、黙って。

セレブリャコフ　つまりは、私のせいでみんなへとへとになって、うんざりして、己の若さを台無しにしてるっていうのに、私だけが人生を楽しみ、満足してるってわけか。そうだろ、そりゃそうだ。

エレーナ　黙って！　あなた、わたしを苦しめてるのよ！

セレブリャコフ　そりゃ私はみんなを苦しめてる。当然だ。

エレーナ　（涙ながらに）耐えられない！　わたしにどうしろっておっしゃるの？

セレブリャコフ　べつに。

エレーナ　それなら、もう黙って。お願いだから。

セレブリャコフ　おかしなことだ、ワーニャやあの耄碌ばあさんのおふくろさんが話を始めても、どうってことはない、みんなが聞いている、ところが、この私がほんのひとことでも言おうものなら、みんな不幸になるんだ。私の声を聞くのさえいやなんだ。たとえ私がいやな人間で、わがままで、暴君だとしても、いったい年寄りになったいま、私はわがままになる権利すらないっていうのか？　いったい私にはそれだけの価値がないっていうのか？　聞かせてほしいものだ、いったい私には安らかな老後を送って、みんなに気遣ってもらう資格すらないっていうのか？

エレーナ　誰もあなたに資格がないなんて、言ってません。

窓が風のせいで大きく開く。

エレーナ　風が出てきたわ、窓を閉めます。（窓を閉める）雨が降りそう。誰もあなたに資格がないなんて言ってません。

間。見張り番が庭で拍子木を叩き、歌をうたっている。

セレブリャコフ　私は生涯を学問に捧げ、わが書斎、大学の講義室、立派な学者仲間に慣れ親しんできたというのに、いきなり、どういうわけか、こんな納骨堂みたいなところに来てしまった。毎日、愚かな連中の顔を見て、くだらん話を聞かされて……華やかな生活がしたい、成功して、みんなに知られて、騒がれたい。なのに、ここはまるで流刑地だ。絶えず過去を懐かしんで胸が痛む、他人の成功が気になる、死ぬのも怖い……やりきれん！　耐えられんよ！　そのうえ、ここじゃ年寄りのわがままも許してもらえん！

エレーナ　もう少しの辛抱よ。あと五、六年もすれば、わたしもおばあさんよ。

ソーニャが入って来る。

ソーニャ　パパ、自分でアーストロフ先生を呼んでおきながら、先生がいらしたら会おうともしないなんて、失礼よ。無駄足を踏ませただけじゃない。

セレブリャコフ　おまえのアーストロフがなんだっていうんだ？　あの男の医学の知識など、私の天文学の知識といい勝負だ。

ソーニャ　パパの痛風のために、医学部の先生方をそっくり呼ぶってわけにもいかないでしょ。

セレブリャコフ　あんな変人とは口をきくのもごめんだ。

ソーニャ　どうぞお好きなように。（すわる）どうでもいいわ。

セレブリャコフ　いま何時だ？

エレーナ　十二時過ぎよ。

セレブリャコフ　むし暑いなあ……ソーニャ、そこの水薬をとってくれ！

ソーニャ　はい。（水薬を渡す）

セレブリャコフ　（苛立って）あーっ、これじゃない！　なにも頼めやしない！

ソーニャ　お願い、わがまま言わないで。そういうの、好きな人もいるかもしれないけど、あたしはいやよ、いい加減にして！　そういうのごめんだわ。それに、時間がないの、明日は朝早いのよ、草刈りだから。

ガウン姿のヴォイニツキーが蠟燭を持って登場。

ヴォイニツキー　外は雷雨になりそうだな。

稲妻。

ヴォイニツキー　ほらきた！　エレーヌもソーニャも寝に行きなさい。ぼくが代わるから。
セレブリャコフ　（びっくりして）いやあ、勘弁してくれ！　ワーニャと二人きりにしないでくれ。困るよ。この人の話には飽き飽きしてるんだ。
ヴォイニツキー　だけど、二人とも休ませてあげないと。もう二晩も寝てないんだ。
セレブリャコフ　二人とも寝に行けばいい、だけど、きみも出ていってくれ。お願いだ。我々のかつての友情のよしみで、言う通りにしておくれ。話はまた今度にしよう。
ヴォイニツキー　（苦笑いをして）我々のかつての友情のよしみと来たか……かつてのねえ……

ソーニャ　黙って、ワーニャ伯父さん。
セレブリャコフ（妻のエレーナに）きみ、私をワーニャと二人きりにしないでくれ。ワーニャの話は長くてうんざりなんだ。
ヴォイニツキー　こうなると、もうちゃんちゃら可笑しいや。

マリーナ、蠟燭を持って登場。

ソーニャ　ばあや、寝ればいいのに。もう遅いわ。
マリーナ　サモワールもテーブルの上に出っぱなし。おちおち寝る気もせんです。
セレブリャコフ　みんな寝られないで、へとへとだっていうのに、この私だけが大満足ってわけか。
マリーナ（セレブリャコフに近づいて優しく）どうなすったんです、旦那さま？　痛みますか？　あたし自身、足が痛んで、ずきずきしてます。（膝掛を直してやる）ずっと前からお悪かったですものね。亡くなられたヴェーラさま、ソーニャお嬢さまのおかあさまも夜な夜なお眠りにならず、ご心配あそばしてました……ヴェーラさま、たいそう旦那さまを愛しておられましたなあ……

間。

マリーナ　年寄りは子供みたいに構ってもらいたいけど、だーれも年寄りなんぞ構っちゃくれません。（セレブリャコフの肩に接吻する）行きましょうね、旦那さま、ベッドへ……行きましょう、あなたさま……菩提樹のお茶を差し上げて、おみ足を暖めましょうねえ……旦那さまが良くなられるよう、神さまにお祈りしましょう……

セレブリャコフ　（心打たれて）行こう、マリーナ。

マリーナ　あたしもねえ、足がずきずき痛むんです、ずきずきとねえ！（ソーニャと一緒にセレブリャコフを連れていく）ヴェーラさまはいつも心配しておられました、いつも泣いておられました……ソーニャお嬢さまはそのころ、まだ幼いだだっ子で……行きましょ、行きましょうねえ、旦那さま……

セレブリャコフ、ソーニャ、マリーナ退場。

エレーナ　あの人といると、もうくたくた。立っているのもやっとよ。

ヴォイニツキー　あなたはあいつのせいで、ぼくはぼく自身のせいで、くたくただ。もうこれで三晩も寝ていない。

エレーナ　この家はトゲトゲしてるわ。あなたのおかあさまは、ご自分の小冊子と教授先生以外は大っ嫌い。教授先生はイライラし通しで、わたしのことを信用してくれないし、あなたのこと怖がってる。ソーニャはそんな父親に腹を立てて、わたしにも腹を立ててるから、これでもう二週間も口をきいてくれない。あなたときたら主人を憎んでいるし、ご自分のおかあさまを、あからさまに軽蔑してらっしゃる。わたしもイライラして、きょうなんか二十回ぐらい泣きそうになったわ……この家はトゲトゲしてる。

ヴォイニツキー　そういうややこしい話はやめよう！

エレーナ　ワーニャさん、あなたは教養があって利口だから、わかってると思うけど、この世界が滅びるのは、強盗や火事のせいじゃなくて、憎しみや敵意やこういうつまらない諍《いさか》いのせいよ……あなたがすべきことは、愚痴なんか言ってないで、みんなを仲直りさせることでしょ。

ヴォイニツキー　まずぼくを、ぼく自身と仲直りさせてください！　エレーナ……（エレーナの手にすがりつく）

エレーナ　やめて！（手を振り払って）あっちへ行って！

ヴォイニツキー　じきに雨が上がると、自然界のものはことごとく生き返って、ほっと息をつく。なのに、このぼくだけが雷雨のあとも、生き返れないでいる。ぼくの人生は永遠に失われてしまったという考えが、昼も夜も、まるで家に棲む魔物みたいにぼくを苛《さいな》むんだ。過去なんて存在しない、愚かにも下らんことに費やしてしまったから。現在はばかばかしくてやってられない。ほら、これがぼくの人生だ、これがぼくの愛だ。この人生を、この愛をどこに持って行けばいいんです？　どうすればいいんです？　ぼくのこの感情は、暗い穴に差し込む太陽の光みたいに、虚しく消えていくんだ、そしてぼく自身も消えていく。

エレーナ　あなたが愛の話をなさると、わたしなんだか頭がまわらなくなって、どう言ったらいいのか、わからなくなるの。ごめんなさい、わたし何も言えない。（行こうとする）おやすみなさい。

ヴォイニツキー　（エレーナの行く手をふさいで）わかってほしい、この家でぼくと一緒にもうひとつの命が、あなたの命が消えていくんだと思うと、胸が締めつけられる。なにを待ってるんです？　どんな忌まわしい哲学があなたを邪魔しているんです？　わかってほしいんだ、ねえ、わかって……

エレーナ　（まじまじとヴォイニツキーを眺める）ワーニャさん、あなた酔ってるのね？

ヴォイニツキー　そうかもしれない、そうかもね……

エレーナ　先生はどこ？

ヴォイニツキー　あっちだよ……ぼくんとこに泊まってる。そうかもしれない、そうかもね……なんだってありだ！

エレーナ　きょうも飲んだのね？　なんでまた？

ヴォイニツキー　なんてったって、生きてるって気がするからね……ぼくのことはほっといて、エレーヌ！

エレーナ　昔は絶対に飲まなかったし、こんなにおしゃべりじゃなかったのに……寝に行ってください！　あなたと一緒にいても、つまらないわ。

ヴォイニツキー　（エレーナの手にすがりついて）ねえエレーヌ……すてきなエレーヌ！

エレーナ　（いまいましげに）放してちょうだい。もう、うんざり。（立ち去る）

ヴォイニツキー　（ひとりで）行ってしまった……

間。

ヴォイニツキー　十年前、亡くなった妹の家であの人と出逢った。あのとき、あの人は十七で、ぼくは三十七歳。どうして、あのときあの人に恋をして、結婚を申し込まなかったんだろう？　あのときなら、きっとうまくいったのに！　そうしたら、今ごろあの人はぼくの妻だ……そう……いま、ぼくたちは雷雨のせいで目覚める、あの人は雷に怯える、ぼくはあの人をしっかり抱き締めて、囁くんだ。「怖くないよ、ぼくがいるから」。ああ、考えただけでうっとりする、なんてすてきなんだ、微笑みさえ浮かんでくる……

ああ、なんてことだ、頭が混乱してきた……なんでおれは年をとってしまったんだ？　なんで、あの人はぼくの言うことがわかってくれないんだ？　あの人のあの話し方、怠惰なモラル、世界が滅びるとかいう出鱈目でかったるい考え——なにもかもほとほといやになる。

間。

ヴォイニツキー　ああ、おれはとことん騙《だま》されたんだ！　おれはあの教授を、あの哀れな痛風野郎を崇めたて、あいつのためにわき目もふらず働いてきた！　おれとソーニャはこの領地からあがる収益の最後の一滴まで搾り取って、商売人みたいに植物油だのエンドウ豆だのコッテージチーズだのを売り歩いたけど、おれたち自身は腹いっぱい食べた試しがなかった。はした金や小銭をかき集めて、数千ルーブルもの金をあいつに送ってやるためにな。おれはあいつやあいつの学問を誇りに思い、あいつを生きがいにしてきた！　あいつが書いたこと、話したことすべてが、おれには才能あふれるものに思われたんだ……ああ、それなのに今じゃどうだ？　あいつが退職すると、あいつの人生の全貌が明らかになった。あいつが死んだ後、あいつの書いたものなど一ページだって残りはしない、あいつはまったくの無名で、ゼロに等しい。消えゆくシャボン玉だ！　おれはとことん騙された……わかってるんだ、愚かにも騙されたって……

フロックコートを着たアーストロフが登場。チョッキも、ネクタイもしていない。ほろ酔い気分。アーストロフに続いてギターを持ったテレーギンが登場。

アーストロフ　何か弾いてくれ！
テレーギン　みんな寝てますって！
アーストロフ　いいから、弾け！

テレーギン、静かにギターを奏でる。

アーストロフ　（ヴォイニツキーに）きみひとりかい？　ご婦人方はいないのか？（腰に手を当て、小声で歌う）「小屋が歩いて、暖炉も歩けば、主人の寝る場所ありゃあせん……」雷雨で目が覚めてしまった。ひどい雨だなあ。いま何時だ？
ヴォイニツキー　知るもんかい。
アーストロフ　なんかエレーナさんの声がしたようだけど。
ヴォイニツキー　ついさっきまで、ここにいたよ。

アーストロフ　華やかな女性だなあ。（テーブルの上のガラス瓶を眺める）薬だ。ずいぶんいろんな処方箋があるね。ハリコフにモスクワにトゥーラ……街という街が教授先生の痛風に振り回されたってわけか。あの先生、病気なのか、それとも仮病？
ヴォイニツキー　病気だよ。

間。

アーストロフ　きょうはきみ、なんでそう悲しそうなの？　教授先生が可哀想か？
ヴォイニツキー　ほっといてくれ。
アーストロフ　でなけりゃ、もしかして、教授夫人に惚れたか？
ヴォイニツキー　あの人は親友だ。
アーストロフ　もう？
ヴォイニツキー　なんだよ、その「もう？」ってのは？
アーストロフ　女が男の親友になるには順序ってものがある。最初は友だち、お次は愛人、そのあとやっと親友ってわけだ。
ヴォイニツキー　俗物の哲学だな。
アーストロフ　なんだって？　うん、そうだな……白状すると、ぼくは俗物になっている。ごらんのとおり、酔っ払いでもある。たいてい、ぼくは月に一度、こんな具合にしたまま飲む。こういう状態になると、ぼくは極端に図々しく、厚かましくなる。こうなると、なんだって朝飯前だ！　最高に難しい手術だって、見事にこなせる。果てしなく壮大な将来の計画を思い描く。そのとき、ぼくはもう自分が変人だなんて思わないし、人類に大いなる貢献ができるって信じられるんだ……大いなる貢献がね！　すると、ぼくの中に独自の哲学体系ができあがって、きみたちなど、みんなただの虫けら……ただの微生物みたいに思える。（テレーギンに）ワッフル、弾いてくれよ！

テレーギン　友よ、きみのためなら、ぜひ弾いてあげたい、だけどわかってよ、みんな寝てるんだから。

アーストロフ　弾いてくれよ！

　　テレーギン、静かにギターを奏でる。

アーストロフ　飲もうじゃないか。あっちにまだコニャックが残っていたと思う。で、夜が明けたら、ぼくのうちに行こう。それでよか？　ぼくの助手は「それでいい」って絶対に言わない、「それでよか」って言うんだ。これが、おっそろしいイカサマ師でね。じゃ、それでよか？（ソーニャが部屋に入って来るのに気づいて）失礼、ネクタイもしていませんで。

（すばやく立ち去る。テレーギン、その後に続く）

ソーニャ　ワーニャ伯父さんったら、また先生と飲んじゃったのね。いい大人同士、意気投合したってわけ？　まあ、あの方はいつもああだけど、伯父さんまでどうしちゃったの？　いい年をして飲むなんて。

ヴォイニツキー　年なんて関係ない。本当の生活がないなら、夢、幻で生きるしかない。それでも、なにもないよりはましだ。

ソーニャ　うちの干し草をぜんぶ刈ったけど、毎日の雨でぜんぶ腐りかけてるの、それなのに伯父さんは夢と幻に浸っているのね。伯父さんはすっかりうちの仕事を放り出してしまった……あたしひとり働いて、もうくたくたよ……（びっくりして）伯父さん、泣いてるの！

ヴォイニツキー　泣いてなんかいないよ！　なんでもないって……ばからしい……いまぼくを見たおまえのその目、亡くなったおまえのおかあさんそっくりだった。可愛い妹……（むさぼるようにソーニャの手や顔にキスする）ぼくの妹……ぼくの可愛い妹……いまあの子はどこにいるんだ？　もし妹がわかってくれたら……わかってくれたらなあ！

ソーニャ　なにを？　伯父さん、なんのこと？

ヴォイニツキー　辛いよ、よくないなあ……いや、なんでもない……またあとで……なんでもない……部屋に戻るよ……（立ち去る）

ソーニャ　（ドアをノックする）アーストロフさん！　まだ起きてらっしゃる？　ちょっといいですか？

アーストロフ　（ドアの向こうで）いま行きます！（少し経って登場。アーストロフはすでにチョッキとネクタイを身につけている）何かご用ですか？

ソーニャ　もしおいやでなければ、先生ご自身はお飲みになってください。でも、お願いです、伯父には飲ませないでください。身体に毒ですから。

アーストロフ　わかりました。これからはもう一緒に飲みません。

間。

アーストロフ　ぼくはこれから家に帰ります。きっぱりそう決めました。馬車に馬を繋いでいるあいだに夜が明けるでしょう。

ソーニャ　雨が降っていますわ。朝までお待ちになったら。

アーストロフ　雷雨は逸れていっています。少し降るだけでしょうから、出発します。それと、もうこれ以上、あなたのおとうさんの往診に私を呼ばないでください。私は痛風だと言っているのに、おとうさんはリューマチだとおっしゃる。私は横になるようにお願いしているのに、起きてすわってらっしゃる。きょうなんかは、私と口をきこうともなさらない。

ソーニャ　父は甘やかされていたもので。（食器棚の中を探す）少し召し上がりません？
アーストロフ　そうだなあ、いただきます。
ソーニャ　あたし、毎晩、少しいただくのが好きなんです。棚の中に何かあると思います。父は以前、女の人たちに持てていたそうです。だから女の人たちに甘やかされていたんです。さあ、チーズをお取りになって。

ソーニャとアーストロフは食器棚の近くに立って食べる。

アーストロフ　きょう、ぼくは何も食べていません。飲んでいただけです。あなたのおとうさんは気難しい人だ。（食器棚からボトルを取り出す）いいですか？（グラスに注いで飲む）ここには誰もいないから、率直に話せる。ほんとに、ぼくはこのうちでは一日たりとも暮らせないような気がします、この空気の中で息が詰まってしまうでしょう……ご自分の痛風と本の中にすっかり埋没してしまっているあなたのおとうさん、いつもふさぎ込んでいるワーニャ伯父さん、あなたのおばあさま、それからあなたの義理のおかあさん……
ソーニャ　義母《はは》がどうかしたんですか？
アーストロフ　人間は、すべてが美しくないといけない、顔も、着ている服も、心も、考え方

たく存在しないんです！（また飲もうとする）

ソーニャ　（アーストロフが飲もうとするのを妨げる）やめてください、お願いです、これ以上、飲まないでください。

アーストロフ　どうして？

ソーニャ　先生らしくないんですもの！　先生は気品があって、とっても優しいお声をしてらっしゃる……いえ、それ以上です、あたしが知っている、どなたとも違ってらっしゃるんです。先生は素晴らしい方です。なのになぜ、ただ飲んで、トランプ遊びばっかりしている、そのへんの人たちの真似をなさりたいの？　ああ、そんなふうになさらないで、お願いです！　先生はいつもおっしゃってますね、人間は何かを創り上げようとせずに、ただ天が恵んでくれたものを破壊しているだけだって。なぜ、なんのためにご自分を破壊しようとなさるんです？　いけません、いけませんわ、お願い、お願いです。

アーストロフ　（ソーニャに手を差し伸べる）もう飲みませんよ。

ソーニャ　飲まないって、誓ってください。

アーストロフ　はい、誓います。

ソーニャ　（手を強く握り締める）ありがとうございます！

アーストロフ　もうたくさんだ！　酔いは醒めました。このとおり、ぼくはもう完全に素面《しらふ》です、生涯最期の日までこの状態でいきましょう。（時計を見る）では、さっきの話の続きですが、ぼくに言わせれば、ぼくの時代はもう終わってしまった、もう何をしても遅いんです……年をとって、働きすぎて、俗物になって、あらゆる感情が鈍ってしまって、もう人に好意を抱くこともできないような気がします。ぼくは誰も愛してはいないし……これからも、もう愛することはないでしょう。そんなぼくでも、まだ惹かれるものがあるとすれば、それは美しさです。美しさというものには、ぼくも無関心ではいられない。もしエレーナさんがその気になれば、たった一日でぼくを夢中にさせることができるでしょう……だけど、それは愛情ではないし、愛着でもない……（片方の手で両眼を覆い、身体を震わせる）

ソーニャ　どうなさったの？

アーストロフ　ああ……復活祭の前に、ぼくの患者がクロロホルムを嗅いで亡くなりました。

ソーニャ　そのことは、もうお忘れになっていい頃ですよ。

間。

ソーニャ　あの、先生にお聞きしたいんですけど……もし、あたしに友だちか、あるいは妹がいたとして、その子が……まあ、たとえば、ですけど、先生のことが好きだっていうことがわかったら、先生、どうなさいます？

アーストロフ　（肩をすくめる）わかりません。たぶん、どうもしないでしょう。その子を好きになることはないって、その子にわからせるようにするでしょうね……それに、ぼくにはそんなことを考えている余裕はないって。とにかく帰るなら、もう時間ですね。さようなら、ソーニャさん、このまま話してたら、朝になっても終わりませんから。（握手をする）もしおゆるしいただけるなら、玄関を通らせてください。そうしないと、伯父さんに引き留められそうです。（立ち去る）

ソーニャ　（ひとりになって）あの人はあたしになんにも言ってくれなかった……あの人の心も、魂も、あたしにはまだまったく謎めいているのに、なんであたし、こんなに幸せだって感じるのかしら？（幸せのあまり、声を立てて笑う）あたし、あの人に言ったわ、先生は優雅で、気品があって、とても優しいお声だって……これって場違いじゃなかったわよね？　あの人の声が打ち震えて、優しく響くの……ああ、あたし、この空気の中にあの人の面影を感じる。だけど、あたしが妹のことを話しても、あの人、わかってくれなかった。（両手をもみしだく）ああ、なんてむごいことかしら、あたしが綺麗じゃないって！ほんと、むごいわ！　あたし、わかってる、自分が不細工だってこと、わかってるの、わかってるのよ……先週の日曜日、教会から出てきたら、みんなであたしのことを話しているのが聞こえた。ある女の人が言ってた。「あの子は優しくって、心の広い子だけど、残念ねえ、あの器量じゃ……」って。そう、こんな器量じゃねえ……

エレーナ・アンドレーエヴナ登場。

エレーナ　（窓を開ける）雨やんだわね。なんて爽やかな空気なのかしら！

間。

エレーナ　先生はどこ？
ソーニャ　お帰りになりました。

間。

エレーナ　ソフィー！
ソーニャ　なんですか？
エレーナ　いつまで、わたしにふくれっ面しているつもり？　わたしたちお互いになにも悪いことしてないじゃない。なんで、わたしたち、対立しなきゃいけないの？　もうたくさん……

ソーニャ　あたしも本当は……（エレーナを抱き締める）プリプリするのは、もうたくさん。
エレーナ　ああ、よかった。

ふたりとも、気持ちが高ぶっている。

ソーニャ　パパはもう寝た？
エレーナ　いいえ、客間にすわってらっしゃる……わたしたち、何週間もお互いに口をきいていなかったわね、これといった理由もなく……（食器棚が開いているのに気づいて）これはなに？
ソーニャ　アーストロフ先生が食事をなさったの。
エレーナ　ワインもあるわね……仲直りのしるしに飲みましょうよ。
ソーニャ　そうしましょう。
エレーナ　同じグラスで……（注ぐ）そのほうがいいわよね。つまり、仲直り。
ソーニャ　仲直り。

グラスをあけて、キスし合う。

ソーニャ　あたし、ずっと前から仲直りしたかったの、でもなんだか、きまりが悪くて……（泣く）

エレーナ　なんで泣いてるの？

ソーニャ　なんでもない、なんとなくよ。

エレーナ　もう、よしなさい、およしなさい……（泣く）変な子ねえ、わたしまで泣いてしまったわ……

間。

エレーナ　あなたがわたしに腹を立てているのは、わたしが計算づくであなたのおとうさまと結婚したと思ったからよね……信じてもらえるかどうかわからないけど、誓って、わたしは愛していたから、おとうさまと結婚したの。わたし、学者で有名人のおとうさまに夢中になったの。わたしの愛はほんものじゃなくて作り物だった。でも、そのときはほんものだと思えたの。わたしが悪いんじゃない。なのに、あなたったらわたしたちの結婚式の当日から、その利発な、疑い深い目でずーっとわたしを非難してた。

ソーニャ　ねえ、仲直り、仲直りよ！　忘れましょう。

エレーナ　あんな目で見てはいけないわ、あなたらしくないもの。みんなを信じなきゃ、でないと生きていけないわ。

間。

ソーニャ　正直に言って、友だちとして……あなたは幸せ？
エレーナ　いいえ。
ソーニャ　それは、わかってた。もうひとつ質問。正直に答えてね、若いだんなさんだったらよかったのにって思う？
エレーナ　まだ子供ねえ。もちろん、思うわよ。（笑う）ねえ、もっとなにか聞いて、聞いてみて……
ソーニャ　アーストロフ先生のこと、好き？
エレーナ　ええ、とっても。
ソーニャ　（笑う）あたし、ばかみたいな顔してる……でしょ？　先生はお帰りになったのに、あたしにはまだ先生の声や跫音《あし》が聞こえているの、でね、暗い窓を見つめると、そこに先生のお顔が浮かび上がってくるの。最後まで言わせて……でもあたし、こんな大きな声では言えない、恥ずかしいもの。あたしの部屋に行って、そこで話しましょう。あたしばかみたいに見えるでしょ？　ほんとのこと言って……あの人のことなにか話して……

エレーナ　いったい何を話せばいいの？

ソーニャ　あの人は聡明で……あの人は何だってこなせるし、何だってできちゃうの……あの人は病人の治療もするし、森にも木を植えるの……

エレーナ　森に木を植えるとか、治療するとか、そういうことじゃないの……ソーニャ、わかる、これは才能なの！　才能があるってどういうことかわかる？　それはね、大胆さ、自由な発想ができる頭脳、途轍もなく広い視野……小さな苗木を植えても、もう千年後、それがどうなるか予測して、人類の幸せな姿があの方にはすでに見えているのよ。そういう人たちは滅多にいないから、大切にしてあげないとね……あの方はお酒を飲むし、少々荒っぽいところもあるけど、それがどうしたっていうの？　ロシアでは才能のある人が清廉潔白でいるなんて不可能よ。考えてもみて、あの先生の生活がどんなものか！　道という道が足を掬《すく》われるような泥濘《ぬかるみ》、厳しい寒さ、吹雪、果てしない遠距離の移動、荒っぽくて野蛮な人たち、どこもかしこも貧困と病気ばかり、こんな状況で毎日毎日働いて闘っている人が、四十歳になるまで清潔で素面のままでいられるなんて、無理な話よね……（ソーニャにキスする）わたし心から願ってる、あなたは幸せにならなきゃ……（立ち上がる）だけどわたしは、つまらない、付けたしみたいな存在なの……音楽をやっても、主人の家にいても、いろいろ恋をしても——どこにいたって、わたしは要するに付けたしなの。ほんと言うとね、ソーニャ、よくよく考えてみると、わたしはとっても、とっても不幸なの！（気持ちを高ぶらせて舞台上を歩きまわる）わたしにはこの世の幸福なんてないの。ありえないのよ！　なに笑ってるの？

ソーニャ　（笑って顔を蔽う）あたしはとっても幸せ……幸せよ！

エレーナ　わたし、ピアノが弾きたい……いまなにか弾こうかしら。

ソーニャ　弾いて。（エレーナ・アンドレーエヴナを抱き締める）あたし、眠れそうもない……ねえ弾いてよ！

エレーナ　いま弾くわ。でも、あなたのおとうさま、まだ寝てないの。病気のとき、あの人、音楽を聴くと苛立つの。聞いてきて。おとうさまがいいって言ったら弾くわ。行ってきて。

ソーニャ　わかったわ。（立ち去る）

庭では見張り番が拍子木を叩いている。

エレーナ　もうずーっと弾いてないわ。ピアノを弾いて、泣いてしまおう、ばかみたいに泣いてしまおう。（窓の外に）あなたが叩いてるの、エフィーム？

見張り番の声。「あっしです！」

エレーナ　叩かないで、だんなさまの具合が悪いの。

見張り番の声「これから外に出ます！（口笛を吹く）おーい、ジューチカ！　坊や！ジューチカ！」

間。

ソーニャ　（戻ってきて）だめですって！

（幕）

第三幕

セレブリャコフ家の客間。左右と中央に三つのドア。昼間。
ヴォイニツキーとソーニャ（すわっている）、エレーナ（何か考えながら、舞台上を歩きまわっている）。

ヴォイニツキー　本日、午後一時までに全員、客間に集まるようにと、教授先生がご所望だ。（時計を見る）一時十五分前か。世界に対して何かお告げになりたいそうだ。
エレーナ　きっと、なにか大切なお話よ。
ヴォイニツキー　あいつに大切な話なんかあるもんか。くだらんことを書いて、ぐずぐず愚痴をこぼして、やきもちを焼いてるだけじゃないか。
ソーニャ　（非難めいた口調で）伯父さん！
ヴォイニツキー　いやいや、悪かった。（エレーナを指差す）見てごらん、あの歩き方、退屈のあまりよろめいてるよ。じつにいい眺めだ！　じつに！
エレーナ　あなたは一日じゅうずーっとブツブツ、ブツブツ言って——よく飽きないわね！（憂鬱そうに）わたし、退屈で死にそう、何をしたらいいのか、わからない。

ソーニャ　（肩をすくめて）やることはいろいろあるでしょ？　やる気にさえなれば。

エレーナ　たとえば？

ソーニャ　家事をするとか、お百姓さんたちに教えるとか、病人の看病をするとか。いろいろあるじゃない？　あなたやパパがまだここに来てなかったころ、あたしとワーニャ伯父さんは二人で市場に行って小麦粉を売ってたのよ。

エレーナ　そんなのできないわよ。それに、おもしろくもないし。お百姓さんたちに教えたり、看病したりするというのは、進歩的な小説の中だけの話よ。わたしがこれっていう理由もなく、いきなり教えたり看病したりしに行くだなんて。

ソーニャ　教えに行かないだなんて、それこそ理解に苦しむわ。やってみればじきに慣れるわよ。（エレーナを抱き締める）そう退屈しないでよ、ね。（笑いながら）あなたが退屈しきって、手持ち無沙汰にしているから、そういうのが移ってしまうのよねえ。ほら、ワーニャ伯父さんだって何もしないで、影みたいにあなたの後ばかり追いかけてるし、あたしも自分の仕事を放り出して、おしゃべりするためにあなたのところに駆けつけてる。怠け癖がついちゃって、駄目ねえ。アーストロフ先生も以前は滅多に、ひと月に一度しかうちにはお見えにならなかったわ。先生に来ていただくのは大変だったけど、今じゃ毎日のようにうちにいらっしゃる、ご自分の森も医学も捨てて。あなたって、きっと魔法使いよ。

ヴォイニツキー　何を思い悩んでるんです？（焚きつけるように）ねえ、ぼくの大事な、麗《うるわ》しのエレーナさん、かしこくおやりなさいよ！　あなたの血管には男を惹き寄せる水の精霊ルサールカの血が流れているんだから、ルサールカにおなりなさい。せめて一生に一度、想いのままに生きてごらんなさい、さっさとどこかの水の魔王みたいな男にぞっこん惚れ込んで、頭からザブーンと水の奥底めがけて飛び込んでごらんなさい、教授先生やぼくたちがあっと驚くように！

エレーナ　（ムッとして）ほっといてちょうだい。なんてひどいことを！（出て行こうとする）

ヴォイニツキー　（彼女を行かせまいとして）まあまあ、エレーナさん、そう怒らないで……謝ります。（彼女の手にキスをする）仲直りしましょう。

エレーナ　どんな天使だって、我慢にもほどがあるわ、そうでしょ。

ヴォイニツキー　仲直りのしるしに、いま薔薇の花束を持ってきますよ。もう朝からあなたのために用意したんです……秋の薔薇——憂いに満ちた、魅惑の薔薇……（立ち去る）

ソーニャ　秋の薔薇——憂いに満ちた、魅惑の薔薇……

ふたりとも窓の外を眺めている。

エレーナ　ああ、もう九月ね。わたしたち、なんとかして、ここで冬を越すことになるのね。

間。

エレーナ　先生はどこ？

ソーニャ　ワーニャ伯父さんのお部屋にいらっしゃるわ。なにか書いてらっしゃる。ワーニャ伯父さんが出て行ってくれてよかった、あたし、あなたにお話があるの。

エレーナ　なんの話？

ソーニャ　なんの話って？（エレーナの胸に顔をうずめる）

エレーナ　あらまあ、また、また……（ソーニャの髪をなでる）なんなの。

ソーニャ　あたし、不器量でしょ。

エレーナ　あなたの髪、とっても綺麗よ。

ソーニャ　いいえ！（鏡に映る自分を見るために振り返る）いいえ！　不器量だとね、みんなが言うのよ、「あなたは素敵な目をしてる、あなたの髪はとても綺麗よ」って……あたし、もう六年もあの人のことを想っているの。自分の母親以上にあの人が好き。四六時中、あたしにはあの人の声が聞こえるし、あの人の手のぬくもりを感じるの。ドアを見つめて待っているの、今にもあの人が入ってくるような気がするから。それに、いつもあの人の話がしたくて、あなたのお部屋に行くの、わかるでしょ。このところ、あの人は毎日うちにお見えになるけど、あたしのことは見ようともなさらない、まるで目に入ってないの……苦しくてたまらない！　あたしにはなんの希望もない、まったく、まったくないの！（絶望に駆られて）ああ、神さま、あたしに力をお与えください……あたし、一晩じゅう祈ってた……しょっちゅうあの人に近づいて自分から話しかけて、あの人の目をじっと見るの……あたしにはもう誇りなんかない、自分を抑えられない……耐えきれなくなって昨日ワーニャ伯父さんに打ち明けてしまったわ、あの人を愛してるって……女中さんたちもみんな知ってるわ、あたしがあの人のこと好きだって。みーんな、知ってるの。

エレーナ　で、あの人は？

ソーニャ　あの人はなにも知らない。あたしのこと、気づきもしない。

エレーナ　（少し考え込んで）変な人ねえ……こうしたらどうかしら。わたしからあの人に話してみるの……慎重に、ほのめかしてみるだけよ……

間。

エレーナ　ほんと、いつまでわからないままにしておくの？　そうしましょうよ！

ソーニャ、同意してうなずく。

エレーナ　それでいいわね。気があるか、ないか、知るのはそんなに難しくないわ。そう不安がらないで、心配しないで。慎重に探りを入れるだけだから、あの人、気づきやしないわ。イエスかノーか、それだけわかればいいんでしょ？

間。

エレーナ　もし、ノーだったら、もううちには来ないでもらいましょう。それでいい？

ソーニャ、同意してうなずく。

エレーナ　会わないでいる方が楽よ。先延ばしにするのはやめて、今すぐあの人に聞いてみましょう。あの人、わたしに図面か何かを見せたいって言ってたわ……わたしが呼んでるって、あの人に言ってきて。

ソーニャ　（ひどく動揺して）なにもかも、本当のことを話してくれる？

エレーナ　ええ、もちろんよ。真実っていうのはね、それがどんなものであれ、それほど怖いものじゃないの、知らないままでいるよりいいのよ。わたしに任せて、ソーニャ。
ソーニャ　ええ……ええ……あなたがあの人の図面を見たがってるって言ってくるわ……（行きかけてドアのそばで立ち止まる）いいえ、知らないほうがいい……そうはいっても、希望が持てるから……
エレーナ　またどうしたの？
ソーニャ　なんでもない。（退場）
エレーナ　（ひとりになって）他人の秘密を知りながら、何もしてあげられないほどいやなことはないわ。（いろいろ考えながら）先生がソーニャに気がないのは明らかだわ。でも、ソーニャと結婚したっていいんじゃない？　ソーニャは美人じゃないけど、あの年ごろの、田舎のお医者さんにとっては立派な奥さんじゃないかしら。頭はいいし、とても気立てがいいし、純粋だし……いや、そういうことじゃない、そういうことじゃない……

間。

エレーナ　わたし、あの可哀想なソーニャの気持ちがよーくわかる。まわりをうろついているのは人間というより、どっかの灰色のシミみたいな連中、聞こえてくるのは下らない話ばかり、食べて飲んで寝ることしか知らない人たちに囲まれた、この退屈きわまりない暮らしの中に、ときどきあの人が現われる。ほかの人たちとはまるで違った、美男子で、話し上手で、魅力的なあの人がやってくると、まるで闇夜に明るい月が現われたみたい……ああいう人の魅力に身をゆだねて、なにもかも忘れてしまいたい……わたし自身、ちょっとのぼせてしまったみたい。そうよ、あの人が来ないと淋しいし、あの人のことを考えると頬がほころんでしまう……あのワーニャ伯父さんが、わたしの血管には男を惹き寄せるルサールカの血が流れているって言ったわ。「せめて一生に一度、想いのままに」……そうね？　もしかして、そうしたらいいのかも……自由な鳥みたいにあなた方のもとから飛び立って、あなた方の寝ぼけ顔、おしゃべりから逃れられたら、あなた方がこの世に存在していることを忘れられたら……でもわたし、臆病で、内気だし……良心がとがめるわ……あの人は毎日この家に来る、なぜ来るのか、わたしにはわかってる、だからもう自分は悪い女だって感じているし、ソーニャの前に跪《ひざまず》いて、謝って、泣きたい気分よ……

アーストロフ　（図面を持って登場）こんにちは！（握手をする）ぼくのお絵描きをご覧になりたいんですって？

エレーナ　昨日、先生の作品を見せてくださるっていうお約束でしたわね……お時間、大丈夫ですの？

アーストロフ　ええ、もちろん。（トランプ用のテーブルに図面を広げ、それを画鋲で留めていく）

お生まれはどこですか？

エレーナ　（アーストロフの作業を手伝いながら）ペテルブルグです。

アーストロフ　学校はどちらです？

エレーナ　音楽院です。

アーストロフ　あなたには、たぶん、おもしろくもないでしょうね。

エレーナ　どうしてですの？　田舎のことは存じませんけど、そういう本はたくさん読んでますわ。

アーストロフ　この家にはぼく専用の机があるんです。ワーニャさんの部屋にね。ぼくはぼーっとするぐらい疲れきったとき、なにもかも放り出してそこに駆けこんで、こいつで一、二時間、気晴らしをするんです……ワーニャさんやソーニャさんが算盤でパチパチやっているとき、ぼくはそのそばで自分の机に向かい色を塗るんです――すると体がぽかぽかして、心が落ち着きます、コオロギが鳴いたりするんです。でも、そういう楽しみをさせてもらうのはしょっちゅうじゃない、ひと月に一度です……（図面を見せながら）それじゃ、ここを見てください。これは、この郡の五十年前の様子を色で示した図です。濃い緑色と薄い緑色は森を表わしています。総面積の半分が森でした。緑の上に赤い色が網状に描かれている箇所にはヘラジカやヤギが生息していました。この図面で植物と動物の分布もお見せしましょう。この湖には白鳥や鵞鳥《がちょう》や鴨が棲んでいました。お年寄りたちの話では、あらゆる種類の鳥たちがおびただしいぐらいたくさんいて、黒い雲みたいに大群を成して飛び回っていたそうです。集落や村落以外に、あちこちに小さな部落、農場、旧教徒の修道院、水車小屋がありました……牛や馬もたくさんいました。青い色でそれが示されています。たとえば、この郷では青い色が濃く塗られています。ここには馬がたくさんいて、世帯ごとに三頭も馬がいたということです。

間。

アーストロフ　今度は下の方を見てください。これは二十五年前の様子を示したものです。ここでは森はすでに総面積の三分の一だけになっています。ヤギはもういませんが、ヘラジカはいます。緑色と青色の部分がもう少なくなっています。以下、同じようになっています。三つめの図を見てみましょう。これは現在の郡の様子です。緑色の部分がところどころありますが、全体を覆っているわけではなく、ポツポツとあるだけです。ヘラジカも白鳥もオオライチョウもいなくなりました……以前あった部落や農場、修道院、水車小屋は跡形もありません。要するに、自然環境が徐々に、そして確実に悪化していますから、あと十年か十五年もすれば、すっかり悪くなってしまうでしょう。これは文化の影響だから、古い生活は当然、新しい生活に道を譲るべきだ、とおっしゃるかもしれませんね。そうです、もし伐採された森があった場所に街道や鉄道が敷かれるなら、そこに大小の工場や学校が建設されるという話なら、ぼくもわかります。そうなれば、人々はより健康に、豊かに、利口になるでしょう。でも、そういったものはまったく何もないんですよ！　郡には相変わらず沼地があって、蚊がいますが、以前同様、まともな道路がなく、貧困とチフスとジフテリアがはびこり、火事が起こります……分不相応な生存競争をしたせいで、ぼくたちはこのようなひどい事態に直面しているのです。こうなってしまったのは人々が古い考えに固執して退化し、無知な上にまるで自覚を持たなかったせいなのです。寒さに凍えお腹《なか》をすかせた病人が命をつなぎとめ、自分の子供たちを守ろうとして、本能的に、無意識のうちにただ飢えを癒して身体を暖めてくれるものに手あたり次第とびつき、将来のことなど考えずにすべてを破壊してしまったということなのです……ほとんどすべてのものが破壊されていますが、その代わりのものがまだ何も創り出されていません。（冷ややかに）そのお顔からして、あなたにはこんな話、おもしろくもないんですね。

エレーナ　だって、わたし、こういうことはよくわからないんですもの……

アーストロフ　こういう話はわかるも、わからないもありません、ただ興味がないんですよ。

エレーナ　本当のことを言うと、わたし、別のことを考えていたんです。ごめんなさい。わたし、あなたに折り入って、ちょっと聞きたいことがあります。でも困ったわ、どう切り出したらいいのか、わからなくて。

アーストロフ　折り入って聞きたいこと？

エレーナ　そうです、でも……かなりどうってこともない話です。すわりましょう！

ふたりはすわる。

エレーナ　じつは、ある若い女性のことです。わたしたち、誠実な人間として、友人として、率直に話しましょう。話した後は、何を話したのか忘れましょうね。いいですか？

アーストロフ　わかりました。

エレーナ　じつは、わたしの義理の娘のソーニャのことなんです。あの子のこと、お好き？

アーストロフ　はい、ぼくは彼女のことを尊敬しています。

エレーナ　女性として、あの子のこと、お好き？

アーストロフ　（少し間を置いて）いや。

エレーナ　あとひとことで、終わりにします。なにもお気づきにならない？

アーストロフ　いや、なにも。

エレーナ　（彼の手をとって）あなたがあの子のことを愛してらっしゃらないのは、目を見ればわかります……あの子、苦しんでるんです……わかってあげて、そして……もうここにはおいでにならないで。

アーストロフ　（立ち上がる）ぼくはもう終わってしまった人間です……それに、そんな暇もないし……（肩をすくめて）ぼくにそんな時間、あるわけがない。（アーストロフは困惑している）

エレーナ　ああ、なんていやな話！　わたし、数千キロの荷物を運んだみたいに息が上がっているわ。でも、よかった、終わって。忘れましょう、なにも話さなかったみたいに、そして……そして、もうお帰りになって。あなたは賢い方だから、わかってくださるわね……

間。

エレーナ　わたし、全身、ほてってしまったわ。

アーストロフ　もし一、二カ月前にあなたからこう言われていたら、ぼくもまだ考えたかもしれない、でも今は……（肩をすくめる）彼女が苦しんでいるなら、そりゃもちろん……ただ、ひとつわからないことがある。どうして、あなたがこんなことを聞くんです？（エレーナの目を見つめ、脅すように指を振る）あなたは狡《ずる》い人だ！

エレーナ　それ、どういう意味？

アーストロフ　（笑いながら）狡い人だ！　ソーニャさんが苦しんでいるというのなら、それは大いに認めましょう、だけど、どうしてあなたがこんな質問をするんですか？（エレーナが何か言おうとするのを遮《さえぎ》りながら、すばやく）まあまあ、そんなびっくりしたような顔をしないで。あなたは、ぼくがなぜ毎日ここに来るのか、よくよくご存知でしょ……なんのために、誰のために来るのか、よくよくご存知ですよね。可愛いケダモノさん、そんなふうにぼくを見ないで、ぼくはもうスレッカラシですからね……

エレーナ　（困惑して）ケダモノですって？　なんのことか、まったくわかりませんわ。

アーストロフ　綺麗な、毛のふさふさしたイタチさん……あなたには犠牲が必要なんだ。ぼくなんかもう、まるひと月、なにもしていない。なにもかも棄てて、むさぼるように、あなたを求めている——あなたはそういうのが、どうしようもなく好きなんだ、どうしようもなくね……それじゃ、どうかな？　ぼく、降参しました、あんな質問をしなくても、あなたはとっくにそれがわかってたんだ。（手を組み、首を反らせて）降参です。さあ、どうぞ、お好きなように！

エレーナ　あなた、気でも狂ったの？

アーストロフ　（含み笑いをして）ずいぶんと遠慮深いんだなあ……

エレーナ　ああ、わたし、あなたが思ってらっしゃるよりましな、まともな人間です！　神さまに誓って、そうなんです！（立ち去ろうとする）

アーストロフ　（エレーナを行かせまいとする）きょうは帰ります。もうここへは来ません。でも……（エレーナの手を取って、周りを見回す）ぼくたち、どこで会いますか？　早く言って、どこで？　人が来るかもしれないから、早く言って。（情熱的に）なんて麗しい、なんて艶《あで》やかな人なんだ……キスだけでも……せめてその香《かぐわ》しい髪の毛にキスさせて……

エレーナ　わたし、誓って……

アーストロフ　（エレーナが話すのを遮って）なんでまた誓うんです？　誓う必要なんかない。余計なことは言わないで……ああ、なんて綺麗なんだ！　この手！（両手にキスする）

エレーナ　もうやめて、いい加減にしてください……帰って……（両手を振りほどく）あなた、狂ってるわ。

アーストロフ　さあ、早く言って、明日、どこで会うか、早く。（エレーナの腰に手をまわす）わかるね、これは避けることができないんだ、ぼくたちは会わなきゃいけない。（エレーナにキスをする。ちょうどこのときヴォイニツキーが薔薇の花束を持って部屋に入ろうとして、戸口で立ち止まる。）

エレーナ　（ヴォイニツキーに気づかず）お願い……もうやめて……（アーストロフの胸に頭をもたせかける）いけないわ！（立ち去ろうとする）

アーストロフ　（エレーナの腰を抱き締めたまま）明日、森小屋に来てください……二時ごろに……いい？　いいね？　来てくれるね？

エレーナ　（ヴォイニツキーに気づいて）放して！（ひどく困惑して、アーストロフから離れて窓のほうに行く）あんまりだわ。
ヴォイニツキー　（椅子の上に花束を置く。心を掻き乱しながら顔や首筋をハンカチで拭う）別にいいさ……うん……どうってことないよ……
アーストロフ　（むくれて）尊敬するワーニャくん、本日はお天気もよろしいようで。朝方は曇っていて、雨が降りそうでしたが、今はお天とうさまも出ております。ほんに、素晴らしい秋で……秋に撒いた作物も順調で。（図面を丸めて筒の中に入れる）ただそのう、日が短くなりましたなあ……（退場）
エレーナ　（すばやくヴォイニツキーの方へ歩み寄る）なんとかして、わたしと主人が今日中にここを発てるように、あらゆる手を尽くしてちょうだい！　いいこと？　今日中によ！
ヴォイニツキー　（顔を拭いながら）えっ？　ああ、うん……わかった……ぼくは、エレーヌ、なにもかも見てしまった、なにもかも……
エレーナ　（神経質に）いいわね？　わたし、今日中にここを発たないといけない！

セレブリャコフ、ソーニャ、テレーギン、マリーナ登場。

テレーギン　閣下、私自身あまり体調がよくありません。もうこれで二日も調子が悪いです。なんだか頭痛がしたり、そのう……

セレブリャコフ　ほかのみんなは、いったいどこに行ったんだね？　この家はどうも好きになれんなあ。迷路か何かみたいだ。二十六もばかでかい部屋があって、みんな散り散りになってしまう。誰ひとり見つけられたためしがない。（呼び鈴を鳴らす）お義母《かあ》さんと家内を呼んでくれたまえ！

エレーナ　わたしはここです。

セレブリャコフ　みなさん、すわってください。

ソーニャ　（エレーナに近づいて、辛抱できないで）あの人、なんて？

エレーナ　後でね。

ソーニャ　震えてるの？　気をもんでいるの？（探るようにエレーナの顔をじっと見つめる）わかったわ……もうここへは来ないっておっしゃったのね……そうなのね？

間。

ソーニャ　教えて、そうなの？

エレーナ、うなずく。

セレブリャコフ　（テレーギンに）体調が悪いのは、まだ受け入れられる。それはまあいいとして、どうしてもなじめないは、この田舎の暮らしぶりだ。まるでこの地球から転がり落ちて、どこか知らない惑星に落っこちたみたいな気がする。みなさん、すわってくれたまえ。ソーニャ！

ソーニャは悲しげに下を向いたまま佇み、セレブリャコフの言うことが耳に入らない。

セレブリャコフ　ソーニャ！

間。

セレブリャコフ　聞いてない。（マリーナに）ばあやもおすわり。

ばあやはすわって、靴下を編む。

セレブリャコフ　耳の穴をほじくってよーく聞いてほしい。（笑う）

ヴォイニツキー　（心配そうにしながら）ぼくはいなくてもいいんじゃないかな？　席をはずしてもいいかい？

セレブリャコフ　いや、誰よりもきみが必要なんだ。

ヴォイニツキー　私めに何のご用でございましょう？

セレブリャコフ　その言葉遣い……きみは何を怒ってるんだ？

間。

セレブリャコフ　ぼくがきみに何か悪いことをしたのなら、謝るよ。

ヴォイニツキー　そういう口のききかたはやめてほしい。本題に入ろう……何の用です？

マリヤ・ワシーリエヴナ登場。

セレブリャコフ　お義母《かあ》さんもいらした。では、みなさん始めます。

間。

セレブリャコフ　みなさんをお呼びしたのは、査察官がやってくることをお知らせするためです……冗談はさておき、真面目な話です。みなさんに集まっていただいたのは、みなさんのご協力とご助言を仰ぐためです。みなさんのいつものご厚情を鑑みますと、そうしていただけることでしょう。私は学者で書斎の人間ですので、いつも実際的なことには疎《うと》いのです。世の中のことをよくご存じのみなさん方のご指示なしにやってはいけませんので、ワーニャくん、テレーギンさん、お義母《かあ》さま、よろしくお願いしますよ……じつのところ、マネット・オムネ・ウナ・ノックス、すなわち我々はみな神さまの思し召し次第で、誰しも夜の闇を待つ身なのです。つまり、私は年寄りで病気持ちですから、財産の問題を整理する時期が来ていると考えています。というのも、これは私の家族のみなさんに関わることですから。私の人生はもう終わったも同然です、自分のことは考えておりません。ただ、私には若い妻と年頃の娘がおります。

間。

セレブリャコフ　このまま田舎に住み続けるのは、私には不可能です。私たちは田舎向きじゃないんです。かといって、この領地から上がる収益では街に住むのも不可能です。仮に森を売却するとしても、それは非常の策ですし、毎年それを利用するわけにはいきません。ですから、長期にわたって多かれ少なかれ一定の額の収益を私たちに保証してくれる方策を見つけ出す必要があります。私はそういう方策をひとつ考え出しましたので、みなさんにご検討いただくために提案させていただきます。細かいことは抜きにして、大まかなところをお話しましょう。私たちの領地は平均しても二パーセント以上の収益は見込めません。ですので、私はこの領地を売却することを提案します。それで得たお金を有価証券に替えれば、四パーセントから五パーセントの利子が得られます。そうするとさらに数千ルーブルの余裕さえ出てくると思いますので、そのお金でフィンランドに小さな別荘を買うことも可能でしょう。

ヴォイニツキー　ちょっと待った……ぼくは聞き間違えたような気がする。いま言ったことをもう一度繰り返してくれ。

セレブリャコフ　お金を有価証券に替えたら、残ったお金でフィンランドに別荘が買える。

ヴォイニツキー　フィンランドじゃない……きみは何か別のことを言った。

セレブリャコフ　私はこの土地を売却することを提案する。

ヴォイニツキー　それだよ、それ。きみは土地を売却する、すばらしいね、豪快なアイディアだ……だけど、年老いた母親とこのソーニャを連れて、ぼくにどこへ行けっていうんだ？

セレブリャコフ　すべて頃合いを見て話し合おうじゃないか。何もかもすぐには無理だ。

ヴォイニツキー　ちょっと待った。どうやら、今の今までぼくには常識のかけらもなかったたってことだな。今までずっと、ぼくは愚かにもこの土地はソーニャのものだとばかり思っていた。ぼくの亡くなった父親は、妹の持参金としてこの土地を購入した。今までぼくは無邪気にも法律をあいまいに理解して、土地は妹からソーニャに相続されたものと思っていた。

セレブリャコフ　そうだよ、土地はソーニャのものだ。異論はない。ソーニャの同意がなければ、私もあえて売ったりはしない。それどころか、私はソーニャのためを思って売却を提案しているんだ。

ヴォイニツキー　そりゃ変だ、変だよ！　ぼくの頭が変になってしまったのか、それとも……それとも……

マリヤ・ワシーリエヴナ　ジャン、教授先生にさからっちゃだめよ。いいかい、何が良くて、何が良くないか、この人の方がよく知ってるんだから。

ヴォイニツキー　いや、水をくれ。（水を飲む）好きなように言ってくれ、好きなように！

セレブリャコフ　なにをそう興奮してるのか、わからんよ。私の計画が理想的だとは言ってないじゃないか。みんながこんなのは駄目だと言うんなら、押しつけたりはしないよ。

間。

テレーギン　（当惑して）私はですね、閣下、学問に対して崇拝の気持ちのみならず親近感をも覚えております。私の兄グリゴーリー・イリイチの家内の兄コンスタンチン・トロフィーモヴィチ・ラケデモーノフは、ご存知でいらっしゃるかもしれませんが、学士だったんです……

ヴォイニツキー　ちょっと待て、ワッフル、ぼくたちは大事な話をしているんだ……待ってくれ、その話は後で……（セレブリャコフに）さあ、この男に聞いてみてくれ。この土地はこの男の伯父さんから買ったんだ。

セレブリャコフ　なんで、私がそんなことを聞かなきゃいけないんだ？　なんのために？

ヴォイニツキー　この土地は当時、九万五千ルーブルの価格で買い取った。父は七万しか払わなかったので、二万五千ルーブル負債が残った。さあ、いいか……もし、ぼくが心から愛する妹のために相続を放棄していなければ、この土地は購入できなかったんだ。しかも、ぼくは十年間、馬車馬みたいに働いて借金をすべて返済したんだ……

セレブリャコフ　こんな話、するんじゃなかった……

ヴォイニツキー　この土地の返済がきれいに済んで、経営が破綻することもなかったのは、ひとえにこのぼくが努力してきたおかげなんだ。ところがだ、ぼくが年寄りになった今になって、ここからとっとと出て行けってわけだ！

セレブリャコフ　わからんなあ、どうしてほしいって言うんだ！

ヴォイニツキー　二十五年間、ぼくは最高に誠実な使用人よろしくこの土地を経営し、働き、きみに仕送りをしてきたのに、その間、きみは一度だってぼくに礼のひとつも言ってくれなかった。ずっといつも、若いころも、今も、ぼくはきみから給料を受け取ってきた、一年でたったの五百ルーブルというはした金をね。なのに、きみは一度として、一ルーブルの値上げさえしようとしなかった。

セレブリャコフ　ワーニャくん、そんなこと私にわかるわけがない。私は実務的な人間ではないし、そういうことはまったくわからんのだよ。きみが自分でいくらでも賃上げすればよかったんだ。

ヴォイニツキー　どうしてぼくはこっそり盗まなかったのかなあ？　盗むことすらできないぼくを、どうしてみんなは軽蔑しないんだろう？　そうするのが当然だったんだ、そうしてれば、ぼくだってこんな貧乏じゃなかったのに！

マリヤ・ワシーリエヴナ　（厳しく）ジャン！

テレーギン　（不安になって）ワーニャくん、きみ、いけないよ、だめだよ……震えが止まらないよ……どうして今までの友情をぶち壊さなきゃいけないんだい？　（ヴォイニツキーに接吻する）いけないよ。

ヴォイニツキー　二十五年間、ぼくはこのかあさんと一緒にモグラみたいに四方の壁に囲まれてこの家に閉じこもってきた……ぼくたちが考えることも、感じることも、すべてきみのことだけだった。昼間は、きみのことや、きみの著作のことを話し、きみを誇りに思い、深い尊敬の念を込めてきみの名を呼んでいたものだ。夜になると、ずっときみが書いた雑誌や本を読んで過ごした。今じゃそんなもの、心から軽蔑してるけどね！
テレーギン　やめなよ、ワーニャ、いけないよ……やりきれんなあ……
セレブリャコフ　（怒って）わからんなあ、どうしろって言うんだ？
ヴォイニツキー　きみはぼくたちにとって聳え立つような存在だった、ぼくたちはきみの論文をそらで覚えていた……だけど、もう目が覚めたよ！　なにもかも見えてしまったんだ！　きみは芸術について書いているけど、芸術のことなんか、ちっともわかっちゃいない！　ぼくが崇拝していたきみの著作なんて、一文の値打ちもありゃしない！　きみはぼくたちを騙してきたんだ！
セレブリャコフ　みなさん！　この男を黙らせてください、いい加減に！　私は部屋に戻るよ！
エレーナ　ワーニャさん、黙ってください！　聞いてますか？
ヴォイニツキー　黙りません！（セレブリャコフの行く手を阻みながら）待てよ、話はまだ終わってない！　きみはぼくの人生を台無しにしたんだ！　ぼくはまともに生きられなかった、まともな生活ができなかった！　きみのせいで、ぼくは己の人生の最良のときを駄目にして、台無しにしてしまった！　きみはぼくの憎《に》っくき、憎っくき敵だ！

テレーギン　耐えられない……耐えられないよ……これで失礼するよ……（ひどく動揺しながら立ち去る）

セレブリャコフ　私にどうしろと言うんだ？　それに何の権利があって、きみはこの私に向かってそんな口のきき方をするんだ？　つまらん男が！　この土地がきみのものなら、取っとけばいい！　こんな土地に用はない！

エレーナ　わたし、今すぐ出て行くわ、こんな地獄！（叫ぶ）わたし、もう耐えられない！

ヴォイニツキー　人生、台無しだ！　ぼくは才能もあるし、頭もいいし、勇気もある……もしまともに生活してたら、ぼくはショーペンハウアーにも、ドストエフスキーにもなれたんだ……ああ、くだらんことを言ってしまった！　気が狂いそうだ……かあさん、ぼくは絶望だ！　かあさん！

マリヤ・ワシーリエヴナ　（厳しい口調で）教授先生の言うとおりになさい。

ソーニャ　（ばあやの前に膝をつき、彼女にすがりつく）ばあや！　ばあや！

ヴォイニツキー　かあさん！　ぼくはどうしたらいいんだ？　いいよ、なにも言わなくていい！　どうしたらいいか、ぼくがいちばんわかってる！（セレブリャコフに）覚えとけよ！

（真ん中のドアから出て行く）

マリヤ・ワシーリエヴナはヴォイニツキーの後をついていく。

セレブリャコフ　みなさん、これは一体どうしたことでしょう？　まったく！　あの気の狂った男をどこかへやってくれ！　あんな男とひとつ屋根の下で暮らすなんて無理だ！（真ん中のドアを指し示す）ほら、あの男はこんな近くにいるんだ……あの男を別の村に移すか、うちの離れに住まわすか、それとも私がここを出て行くかだ。とにかくあんな男と同じ家にいることなど、できん……

エレーナ（夫に）わたしたち、今日ここを発ちましょう！　今すぐ準備しなきゃ。

セレブリャコフ　実にくだらんやつだ！

ソーニャ（跪いたまま、父親のほうを向いて、苛立ち涙ながらに）パパ、思いやりを持ってちょうだい！　あたしとワーニャ伯父さんはとっても不幸なの！（絶望感をぐっと抑えながら）思いやりの心を持って！　思い出してよ、パパがもう少し若かったころ、ワーニャ伯父さんとおばあさまは毎晩のようにパパのために本を訳して、パパの原稿を清書してたでしょ……毎晩毎晩、夜遅くまでずっとよ！……あたしとワーニャ伯父さんは休みなしに働いて、自分たちのためには一銭たりとも使わないようにして、ぜーんぶパパに仕送りしてきたのよ……あたしたち、必死でやってきたわ！　あたし、こんなこと言うつもりじゃなかった、こんなこと言いたかったわけじゃない、だけど、あたしたちのこと、わかって、パパ、思いやりを持って！

エレーナ　（動揺しながら、夫に）あなた、ワーニャさんとよく話してきて……お願いだから。

セレブリャコフ　わかったよ、ワーニャ君とよく話し合ってみよう……私は彼のことをまったく非難してはいないし、怒ってもいないよ、だけど彼の振舞いはどう考えても変だろう。まあいい、彼と話してくるよ。（真ん中のドアから出て行く）

エレーナ　できるだけ優しくね、なだめるように……（セレブリャコフに続いて退場）

ソーニャ　（ばあやにすがりついて）ばあや、ばあや！

マリーナ　大丈夫ですよ、嬢ちゃん。ガチョウたちがちょっとガアガア言っているだけ――鳴きやみますって。ちょっとガアガア言って、鳴きやみますよ……

ソーニャ　ばあや！

マリーナ　（ソーニャの頭を撫でる）凍えたみたいに震えていなさる。まあ、まあ、嬢ちゃん、神さまは慈悲深い。菩提樹のお茶かキイチゴを召しあがれば、収まりますよ……そう心配しなさるな、嬢ちゃん……（真ん中のドアを見ながら腹立たしげに）ほら、ガチョウたちが騒いでますよ、ろくでなしが！

舞台裏で銃声がする。エレーナが叫び声をあげたのが聞こえる。ソーニャ、震える。

マリーナ　ああ、ろくでなし！

セレブリャコフ　（恐怖のあまりよろめきながら部屋に駆け込んでくる）こいつを抑えてくれ！　抑えてくれ！　気が変になってる！

エレーナとヴォイニツキーがドアのところで取っ組み合いをしている。

エレーナ　（ヴォイニツキーからピストルを取り上げようとしながら）ピストルをよこしなさい！　よこしなさいって言ってるの！

ヴォイニツキー　放せ、エレーヌ！　放せよ！（振りほどいて、部屋に駆け込むと、目でセレブリャコフを探す）あいつはどこだ？　あっ、いたな！（セレブリャコフめがけて撃つ）バーーン！

間。

ヴォイニツキー　当たらなかったのか？　またしくじった！（怒り狂って）ああ、クソッ、クソッ……畜生……（ピストルを床にたたきつけ、へなへなと椅子にすわりこむ。セレブリャコフは呆然としている。エレーナは気分が悪くなって壁にもたれかかる。）

エレーナ　わたしをここから連れ出して！　ここから連れ出して、わたしを殺して、ただ……ここに残るのはいや、絶対にいやっ！

ヴォイニツキー　（絶望して）ああ、おれはなにをしている！　なにをしてるんだ！
ソーニャ　（小さな声で）ばあや！　ばあや！

（幕）

第四幕

ヴォイニツキーの部屋。ここは彼の寝室で、この領地の事務所でもある。窓のそばには出納簿やさまざまな書類が置かれている大きなテーブル、事務机、戸棚、秤がある。アーストロフ用の小さめの机もあり、そこには図面を書くための用具一式と絵具が置かれている。そのそばに書類ばさみ。カナリヤのいる鳥籠。壁には、おそらく誰にも必要とされていないであろうアフリカの地図が貼ってある。防水布を張ったひどく大きなソファ。左側には部屋に通じるドア、右側には玄関のドア。右側のドアのそばには、百姓たちに汚されないようにするための靴拭きマットが敷かれている。秋の夕べ。静けさが漂う。

テレーギンとマリーナは向かい合ってすわり、靴下の毛糸を巻いている。

テレーギン　ばあやさん、もっと早くしなよ、今にもお別れの挨拶に呼ばれそうだよ。もう馬を出すようにって言われたんだから。

マリーナ　（もっと早く毛糸を巻こうとする）もうちょっとだよ。
テレーギン　ハリコフに行ってしまわれるんだ。そこでお暮しになるんだなあ。
マリーナ　そのほうがええ。
テレーギン　おったまげなさったんだねえ……エレーナさんは、あと一時間だってここにはいられないっておっしゃった……発つと言ったら発つんだって……ハリコフに住んで、落ち着いたら荷物を送ってもらうってね。身軽なままでお発ちになる。つまりは、ばあやさん、あの人たちはここに住む定めじゃなかったんだ。縁がなかったんだなあ……運命ってやつだ。
マリーナ　そのほうがええ。さっきは騒ぎを起こして、ドンパチ――まったく恥ずかしいったら！
テレーギン　そうだね、画家のアイヴァゾフスキーが好みそうなテーマだね。
マリーナ　あんなのはもう見たくもない。
間。
マリーナ　また前とおんなじように暮らすんだねえ。朝は七時過ぎにお茶、十二時過ぎに昼ごはん、夕方には晩ごはんのテーブルにつく。なんもかも世間並みに……キリスト教徒らしく秩序立ててねえ。（ため息をついて）あたしゃ罪深いことだけど、もうずっとヌードルをいただいてないよ。

テレーギン　そうだね、うちじゃ、ずっとヌードルを作ってないね。

間。

テレーギン　ずっと前からねえ……ばあやさん、けさ村を歩いてると、店の小僧っこが後ろから声をかけてきたよ。「やーい、居候！」ってね。それで情けなくなっちまった！

マリーナ　気にしなさんな。神さまのもとじゃ、あたしらはみんな居候よ。あんたさんも、ソーニャお嬢さんも、ワーニャさんも──誰ひとり手持無沙汰じゃなくって、みーんな骨折って働いてますって！　みーんなね……それで、ソーニャお嬢さんは？

テレーギン　庭だよ。ずっとアーストロフ先生と一緒にワーニャさんを探しているよ。自殺でもされたら大変だって。

マリーナ　それで、あのピストルはどこなんだい？

テレーギン　（小声で）穴倉に隠しといたよ。

マリーナ　（薄笑いをして）罰当たりだねえ！

ヴォイニツキーとアーストロフが中庭から登場する。

ヴォイニツキー　ほっといてくれよ。（マリーナとテレーギンに）こっから出てってくれ、一時間だけでもひとりにしてくれ！　構われるのはたまらんよ。

テレーギン　すぐに出て行くよ、ワーニャくん。（つま先立ちで出て行く）

マリーナ　ガチョウがガア、ガア、ガアだ！（毛糸を持って出て行く）

ヴォイニツキー　ほっといてくれ！

アーストロフ　そうしたいのはやまやまだ、ぼくだってもうとっくに帰らなきゃいけないからね。でも、もう一度言っとくけど、きみがぼくのところから取ったものを返してくれるまでは帰れないよ。

ヴォイニツキー　ぼくは、何も取っちゃいない。

アーストロフ　本気で言ってるんだ――ぐずぐずしないでくれ。ぼくはもうとっくに帰らなきゃいけないんだ。

ヴォイニツキー　ぼくは何も取っちゃいない。

二人ともすわる。

アーストロフ　そうかな？　それじゃ、もう少し待とう。そのあとは悪いが、力づくでやらせてもらうよ。きみを縛りつけて、くまなく探させてもらう。これ、大真面目で言ってるんだからね。

ヴォイニツキー　お好きなように。

間。

ヴォイニツキー　あんなドジをやらかすなんてなあ。二度も撃ったのに、一度も当たらんとはねえ！　こんなの、我ながら絶対に許せんよ！

アーストロフ　ぶっ放したくなったら、まあ、自分の額でもぶち抜くんだね。

ヴォイニツキー　（肩をすくめて）変だなあ。ぼくは人を殺そうとしたのに、逮捕もされないし、裁判にもかけられない。つまり、ぼくは気が狂ってると思われているんだ。（悪意のある笑い）ぼくは気が狂ってる、だけど自分は教授だの、学問の魔術師だのと偽って、己の無能さ、愚鈍さ、ゆるしがたい冷酷さを隠している奴らは気違いじゃないってのか。老人と結婚しておいて、そのあと堂々と年老いた夫を裏切る連中は気違いじゃないってのか。ぼくは見たよ、見たんだよ、きみが彼女を抱いているのを！

アーストロフ　そうですよ、お抱き申し上げましたよ、きみは振られたけど。（鼻の上に手を置

いてひらひらさせる）

ヴォイニツキー　（ドアのほうを見つめながら）いや、きみたちをまだ生かしているこの地球こそ、狂ってるんだ！

アーストロフ　まったくばかげたことを。

ヴォイニツキー　そうだよ、ぼくは気が狂っていて責任能力がないから、ばかなことを言う権利があるんだ。

アーストロフ　また古臭い冗談を。きみは気が狂ってなんかいない、ただの変わり者だ。道化だよ。以前、ぼくは変人たちを皆、病人だ、異常な人間だと思ってたけど、今じゃ、人間の正常な状態ってのは変人であることだって思ってるよ。きみは十分ふつうだよ。

ヴォイニツキー　（両手で顔を覆う）恥ずかしいよ！　ぼくがどんなに恥ずかしいか、きみにはわからないだろうね！　この激しい羞恥心には、どんな痛みだってかないはしない。（憂鬱そうに）耐えられない！（テーブルに寄りかかって）ぼくはどうすればいいんだ？　どうすれば？

アーストロフ　どうもしないさ。

ヴォイニツキー　どうにかしてくれよ！　ああ、どうしよう……ぼくは四十七歳だ。もし仮に六十まで生きるとしたら、まだ十三年もある。長いよ！　この十三年をぼくはどう生きればいい？　なにをすればいいんだ？　どうやってこの歳月を埋めていけばいいんだ？

ああ、わかるだろ……（いきなりアーストロフの手を握り締めて）わかるだろう、もし残りの人生をなんとか新しく生き直せたらってね。ある晴れやかな静かな朝、目が覚めて、もう一度新しい人生を始められたら、過去のすべてが忘れ去られ、煙のように消えていくんだって感じられたらなあ。（泣く）新しい人生を始められたらなあ……どうやって始めたらいいのか、教えてくれよ……何から始めたらいい？……

アーストロフ　（いまいましげに）なに言ってるんだ！　この先、新しい人生なんかあるもんか！　ぼくたちの境遇はね、ぼくにしろ、きみにしろ絶望的だ。

ヴォイニツキー　そうなのか？

アーストロフ　ぼくはそう確信してるよ。

ヴォイニツキー　どうにかしてくれよ……（心臓を指し示しながら）ここが焼け付くようだ。

アーストロフ　（怒ったように大きな声を出す）やめろよ！（態度を和らげて）ぼくたちより百年か二百年あとに生きて、ぼくたちがこんなにも愚かしい、野暮な人生を送っていることをばかにするような人たちなら、もしかしたら、幸せになる術を見つけ出すかもしれないけど、ぼくたちはなあ……といっても、きみとぼくにも、ひとつだけ希望があるよ。それは、ぼくたちが棺桶で眠るとき、ぼくたちのもとに幻が訪れるっていう希望だ。もしかしたら、その幻は心地よいものでさえあるかもしれない。（ため息をついて）そうだよね、きみ。この郡全体にはかつて二人だけ、まともな教養のある人間がいた、つまり、きみとぼくだよ。でも、ここ十年ほどで生活ってやつが、軽蔑すべき俗物の生活がぼくたちを巻き込んでしまった。つまり、ここの生活がその腐りきった空気でぼくたちの血液を毒してしまって、ぼくたちも他の連中と同じような俗物になり下がってしまった。(急に強い口調で)だけど話を逸らして、ごまかさないでくれよ。ぼくの鞄から取ったものを返してくれ。

ヴォイニツキー　きみのものなんて、何も取ってないよ。

アーストロフ　きみはぼくの往診バッグからモルヒネの瓶を取っただろ。

間。

アーストロフ　いいかい、どうしても自殺したいんだったら、森に行ってズドンとやれよ。だけどモルヒネは返してもらおう。でないと、噂や憶測が飛び交って、ぼくからきみに渡したと思われかねない……そのうえ、ぼくがきみを解剖することになるんだから、やりきれんよ……そんなの面白いとは思わんだろ?

ソーニャ、登場。

ヴォイニツキー　ほっといてくれよ！

アーストロフ　（ソーニャに）ソーニャさん、伯父さんがぼくの往診バッグからモルヒネを取って返してくれないんです。伯父さんに言ってやってください、そんなのは……ばかげてるって、まったくね。それに、ぼくは時間がありません。もう帰らないと。

ソーニャ　伯父さん、モルヒネを取ったの？

間。

アーストロフ　取りましたよ。間違いありません。

ソーニャ　返してあげて。なんであたしたちを心配させるの？（優しく）返してね、ワーニャ伯父さん！　あたし、もしかしたら、伯父さんと同じぐらい不幸かもしれない、だけどやけっぱちになったりしないわ。あたしは我慢してきたし、これからも我慢する、自然にあたしの寿命が尽きるまでね……だから、伯父さんも我慢して。

間。

ソーニャ　返してちょうだい！（ワーニャ伯父さんの両手にキスをする）大切な、大好きな伯父さん、返してあげてね！（泣く）伯父さんはいい人でしょ、あたしたちを可哀想だと思って、返して。我慢するのよ、伯父さん！　我慢して！

ヴォイニツキー（机の中から瓶を取り出してアーストロフに渡す）ほら、返すよ！（ソーニャに）だけど早く仕事をしなきゃ、早く何かしなきゃ、でないと、耐えられない……耐えられないよ……

ソーニャ　そうね、そうね、仕事をしなきゃ。二人を見送ったら、すぐに仕事を始めましょう……（いらだったようにテーブルの上の書類を選り分ける）もう荒れ放題ね。

アーストロフ（往診バッグに瓶を入れてから、ベルトを締める）これで出発できる。

エレーナ（入って来る）ワーニャさん、ここにいらっしゃるの？　わたしたち、もう出発します……主人のところにいらしてください、あなたにお話したいことがあるって。

ソーニャ　行って、ワーニャ伯父さん。（ヴォイニツキーの腕を取る）行きましょう。伯父さんとパパは仲直りしなきゃ。絶対にそうしなきゃね。


ソーニャとヴォイニツキー、退場。

エレーナ　わたし、これから出発します。（アーストロフに手を差し伸べる）さようなら。
アーストロフ　もう？

エレーナ　馬の準備も、もうできているの。
アーストロフ　さようなら。
エレーナ　きょう帰るって約束してくださったわね。
アーストロフ　覚えてますよ。これから帰ります。

間。

アーストロフ　びっくりしましたか？（エレーナの手を取って）そんなに怖いですか？
エレーナ　ええ。
アーストロフ　でも、このままここに残ったらどうです！　ね？　明日、森小屋で……
エレーナ　いいえ……もう決まったことです……もう出発が決まっているから、こんなに大胆にあなたを見ていられるんです……ただひとつだけお願いがあります。わたしのこと、いい加減な女だと思わないでください。まともな人間だと思ってほしいんです。
アーストロフ　ああ！（じれったそうな身振りをする）行かないでくださいよ、お願いだ。認めたらどうです、あなたがこの世ですることなんか、なにもない。あなたには人生の目的もなければ、何かに対する興味もない。だからどのみち遅かれ早かれ、感情に身を任せてしまう――それは避けがたいことです。それなら、ハリコフとか、クルスククんだりじゃなくて、ここで、大自然の懐に抱かれながらの方が……少なくとも詩情豊かだし、大いに美しくさえある……ここには森小屋もあれば、ツルゲーネフ好みのうらぶれた屋敷もあります……

エレーナ　なんて可笑しな人なの……腹が立つわ、だけどやっぱり……あなたのこと、なつかしく想い出すわ。あなたはおもしろくて、独創的な方ね。わたしたち、もう二度とお会いすることはありませんから、隠すこともないわね。わたし、あなたに夢中になってさえいたのよ、ちょっとばかりね。じゃ、お互いに握手をして、お友だちとして別れましょう。わたしのこと、悪く思わないでね。

アーストロフ　（手を握って）そう、行ってしまうんだ……（考え込んで）あなたは思いやりのある、いい人みたいだけど、あなたという存在そのものに何かしら奇妙なものがあるみたいだ。あなたがご主人と一緒にこの家に来てから、ここで働いたり動き回ったり何かを作ったりしていた人たちが、自分の仕事を投げ出して、ひと夏じゅうあなたのご主人の痛風やあなたのことにかかりっきりにならざるを得なかった。二人とも、つまりご主人もあなたも、ぼくたち全員になまけ癖を感染させてしまったんだ。ぼくはのぼせあがってしまった、まるひと月なにもしなかった、そのあいだに人びとは病気になり、ぼくの森や若木の林では百姓たちが家畜を放し飼いにして、やりたい放題だった……そんなわけで、あなたとご主人はどこへ行っても、至るところに破壊をもたらすんだ……もちろん、これは冗談ですが、でもやっぱり……変ですよ。だから、ぼくは確信してます、もしあなたたちがここに残ったら途方もなく大きな破局が訪れるだろうってね。ぼくは破滅するし、あなたたちだってひどいめにあう。だから、出発なさい。フィニータ・ラ・コメディア、喜劇は終わった！

エレーナ　（アーストロフの机から鉛筆を取って、すばやくしまう）この鉛筆、記念にいただくわ。

アーストロフ　なんだか不思議だなあ……知り合いになったと思ったら、急になぜか……もう二度と会えなくなるんだ。この世はすべてそんなもんだね……ここに誰も来ないうちに、ワーニャ伯父さんが花束を持って入って来ないうちに、あなたに……キスさせてください……お別れに……いいでしょ？（エレーナの頬にキスする）さあこれで……心残りはない。

エレーナ　お元気でね。（周囲を見回して）ああ、もう構わないわ、一生に一度だけ！（ひしとアーストロフを抱き締め、次の瞬間、二人は互いに素早く離れる）出発しなきゃ。

アーストロフ　早く行ってください。馬の準備ができているなら、出発なさい。

エレーナ　誰かこっちに来るようだわ。

二人とも聞き耳を立てる。

アーストロフ　フィニータ、終わった！

セレブリャコフ、ヴォイニツキー、本を手にしたマリヤ・ワシーリエヴナ、テレーギンとソーニャが入って来る。

セレブリャコフ　（ヴォイニツキーに）済んだことを言うのはよそう。あんなことがあった後、私はこの数時間、大いに悩み、ずいぶん考え直したので、後世の人びとのために教訓として、いかに生きるべきか、一大論文が書けそうな気がするよ。私はよろこんできみの謝罪を受け容れるし、私のことも赦してくれたまえ。それでは、さようなら！（ヴォイニツキーと三回キスを交わす）

ヴォイニツキー　これからもきちんと以前と同じだけ送金するよ。なにもかも今まで通りで。

エレーナはソーニャを抱き締める。

セレブリャコフ　（マリヤ・ワシーリエヴナの手にキスする）お義母《かあ》さん……

マリヤ・ワシーリエヴナ　（セレブリャコフにキスしながら）アレクサンドル、またあなたの写真を撮って送ってちょうだいね。私がどんなにあなたのことを大事に思っているか、わかるわね。

テレーギン　さようなら、教授閣下！　私どものことをお忘れにならないでください！
セレブリャコフ　（娘のソーニャにキスして）お別れだ……みなさん、さようなら！（アーストロフに手を差し伸べて）良くしていただいて、ありがとうございます……私はあなたの考え方、その熱意、情熱に一目置いていますが、お別れに際してこの老人にひとこと言わせてください。みなさん、仕事をしなければなりませんよ！　仕事をね！（みんなにお辞儀をする）ご機嫌よう！（立ち去る。マリヤ・ワシーリエヴナとソーニャがセレブリャコフの後に続く）
ヴォイニツキー　（エレーナの手に強くキスする）さようなら……ぼくをゆるして……もう二度と会えないんだね。
エレーナ　（感きわまって）さようなら、ワーニャさん。（彼の頭にキスをして、去っていく）
アーストロフ　（テレーギンに）ワッフル、ついでにぼくの馬も用意するように言ってくれ。
テレーギン　かしこまりました、先生。（立ち去る）

アーストロフとヴォイニツキーだけが舞台に残る。

アーストロフ　（机から絵具を片づけて鞄に入れる）なんで見送りに行かないんだ？
ヴォイニツキー　さっさと出発すればいい……ぼくは……やりきれない。辛いんだよ。早く何

かしないと……仕事をしなきゃ、仕事を！（机の上の書類をかき回す）

間。馬車の鈴の音が聞こえる。

アーストロフ　行ってしまったね。教授先生はきっとご満悦だ。ここにはもう金輪際来ないだろう。

マリーナ（部屋に入って来る）行ってしまわれた。（肘掛け椅子に腰かけ、靴下を編む）

ソーニャ（入って来る）行ってしまったわ。（目を拭う）無事に着きますように。（ワーニャ伯父さんに）さあ、ワーニャ伯父さん、何かしましょう。

ヴォイニツキー　そう、仕事だ、仕事……

ソーニャ　もうほんとに、ずいぶん長く一緒にこの机に向かうことがなかったわね。（机の上のランプをつける）インクがないようね……（インク壺を取って棚の方に行くと、インクを注ぎ入れる）パパとエレーナさんが行ってしまって、あたし淋しいわ。

マリヤ・ワシーリエヴナ（ゆっくりと登場して）行ってしまったねえ！（すわって、読書に没頭する）

ソーニャ（机に向かってすわり、帳簿をめくる）ワーニャ伯父さん、最初に領収書を書きましょう。ずいぶん放ったらかしてたわね。きょうまた領収書を取りにきた人がいたから。書いて。伯父さんはこっちのを書いて、あたしは別のを書くから……

ヴォイニツキー　（書く）「領収書……宛名は……」

ソーニャとヴォイニツキーは黙って書く。

マリーナ　（あくびをする）眠くなってきたわ……
アーストロフ　静かだなあ。ペンの軋《きし》む音がして、コオロギが鳴いている。暖かくて、いい気持ちだ……帰りたくないなあ。

馬の鈴の音が聞こえる。

アーストロフ　ああ、馬の準備ができたんだ……つまり、あとはあなたたちにお別れを言って、自分の机とも別れて――出発するだけだ！　（図面を紙ばさみにしまう）
マリーナ　そうお急ぎにならなくっても。おすわりになったら。
アーストロフ　そうはいかない。
ヴォイニツキー　（書く）「ずっと以前からの未支払い残高二ルーブル七十五コペイカ……」

下男、登場。

下男　先生、馬の用意ができました。
アーストロフ　わかった。（下男に往診バッグ、トランク、紙ばさみを渡す）さあ、持って行ってくれ。紙ばさみを折らないように気をつけて。
下男　承知しました。（退場）
アーストロフ　それじゃ……（別れの挨拶をするために歩み寄る）
ソーニャ　今度はいつお会いできますの？
アーストロフ　来年の夏以降でしょうね。この冬は無理でしょう……もちろん、何かあったら知らせてくださいよ――伺いますから。（握手する）親切なおもてなし、ありがとう……ほんとに、いろいろありがとう。（ばあやの方に歩み寄り、頭にキスをする）ばあやさん、さようなら。
マリーナ　お茶も召し上がらずにお行きなさいますか？
アーストロフ　いらないよ、ばあやさん。
マリーナ　もしかして、ウォッカなら召し上がります？
アーストロフ　（ためらうように）いただくかな……

マリーナ退場。

アーストロフ　（間の後）ぼくの副《そ》え馬がなんだかびっこをひきはじめてね。ペトルーシュカが水を飲ませに行ったときに気がついたんだ。

ヴォイニツキー　蹄鉄を替えなきゃな。

アーストロフ　クリスマスにでも、鍛冶屋のとこへ寄るしかないね。そうしなきゃ。（アフリカの地図に近づいて、それを見つめる。）ああ、このアフリカじゃ、さぞかし猛暑だろうね――おっかないねぇ！

ヴォイニツキー　うん、そうだね。

マリーナ　（ウォッカの入ったグラスとひときれのパンを載せたお盆を持って戻って来る）召し上がれ。

アーストロフはウォッカを飲む。

マリーナ　さあ、さあ、召し上がってくだされ。（深くお辞儀をする）パンも召し上がればええのに。

アーストロフ　いや、ぼくはもうこれで……それじゃ、お元気で！（マリーナに）送らなくていいよ、ばあやさん。いいったら。（アーストロフは立ち去る。ソーニャはアーストロフを見送るため蠟燭を手にして後に続く。マリーナは自分の肘掛け椅子にすわる）

ヴォイニツキー　（書く）二月二日、植物油二十フント……二月十六日、再び植物油二十フント……蕎麦《そば》粉……

間。

馬車の鈴の音が聞こえる。

マリーナ　行ってしまわれた。

間。

ソーニャ（戻ってきて、蠟燭をテーブルの上に置く）行ってしまったわ……

ヴォイニツキー（算盤で計算をして書き留める）合計が……十五ルーブル……二十五コペイカ……

ソーニャ、すわって書く。

マリーナ（あくびをする）ああ、いけない……

テレーギン、つま先立ちで登場し、ドアのそばに腰かけるとギターを調弦する。

ヴォイニツキー　（ソーニャの髪の毛を手で撫でながら、彼女に向かって）ソーニャ、辛くてたまらない！　ぼくがどんなに辛いか、わかってくれたらなあ！

ソーニャ　どうしようもないわ、生きていかなければ！

間。

ソーニャ　ワーニャ伯父さん、わたしたち、生きていきましょう。果てしなく続く日々を、永い永い夜を生きていきましょう。運命がわたしたちに与える数々の試練に辛抱強く耐えていきましょう。今も、年をとってからも、安らぎを覚えることなく、他の人たちのために働きましょう。そして、その時が来たらおとなしく死んでいきましょう。その後あの世でわたしたちが苦しんだこと、わたしたちが涙を流したこと、辛かったことをお話しましょう。すると神さまがわたしたちを憐れんでくださるの、そして伯父さん、いとおしい伯父さん、わたしたち、光に満ちた、素晴らしい、薔薇色の生活を目の当たりにするの。わたしたちは歓びにあふれ、微笑みを浮かべて懐かしく今のわたしたちの不幸せを振り返るの、そして安らかな気持ちになれるの。わたし、信じている、伯父さん、熱烈に、燃えるようにそう信じているの……（ワーニャ伯父さんの前に跪き、彼の両手に頭を置いて、疲れきった声で）わたしたち、安らかな気持ちになれるの！

テレーギン、静かにギターを奏でる。

ソーニャ　わたしたち、安らかになれるの！　わたしたちの耳に天使の歌声が響いて、空一面にダイアモンドが燦《きらめ》いているのが見えるの。地上のありとあらゆる悪や、わたしたちのすべての苦しみが神さまの慈愛の中に呑み込まれて、世界じゅうがその慈愛で満たされると、わたしたちの生活が優しく撫でられているみたいに、穏やかな心地よい甘美なものになるのが見えてくる。わたし、そう信じてる、信じてるの……（ハンカチでワーニャ伯父さんの涙を拭う）かわいそうな、かわいそうなワーニャ伯父さん、泣いているのね……（涙ながらに）伯父さんは生きる歓びを味わったことがなかったのね、でももう少し待って、ワーニャ伯父さん、もう少し待ってね……わたしたち、安らかな気持ちになれるの……（伯父さんを抱き締める）わたしたち、安らかになれるの！

番人が拍子木をたたく。

テレーギンは静かにギターをならす。マリヤ・ワシーリエヴナは小冊子の余白になにか書き込んでいる。マリーナは靴下を編む。

ソーニャ　わたしたち、ゆっくり休めるのよ！

幕がゆっくりと降りてゆく。

解説

安達紀子

1.『森の精』から『ワーニャ伯父さん』へ

チェーホフは一八八九年の秋に書き上げた『森の精』を大幅に書き換えて、不朽の名作『ワーニャ伯父さん』（一八九六年に書かれたと推察される）を生み出した。二つの作品には共通の登場人物たちが数人いて、同じセリフがかなり出てくるが、まったく趣きの異なる作品となっている。『森の精』のエゴール・ヴォイニツキーもセレブリャコフ教授の妻エレーナへの片想いに苦しみ、領地売却を提案する教授に激怒する。エゴール・ヴォイニツキーはこの事態に耐えきれず自殺するが、『ワーニャ伯父さん』のイワン（愛称ワーニャの正式名）・ヴォイニツキーは自殺することもできず、六十歳になるまでの十三年という歳月を何によって埋めていこうかと深く思い悩みながら生きつづける……エゴールという名前が、ロシアでよく出会う、民話でもおなじみのイワン＝ワーニャという名前に書き換えられているところに、チェーホフの意図が感じられる。自殺したエゴールを自殺しなかったワーニャに変えることによって、作家はより身近な、より起こりうる話として、この戯曲を読者や観客に受け留めてほしかったのだろう。

『森の精』におけるエゴールの姪ソーニャは美しい二十歳の娘で、フルシチョフ（『ワーニャ伯父さん』におけるアーストロフの前身）と結ばれる。一方、ワーニャ伯父さんの姪ソーニャは美しくない娘に変えられ、年齢も記されていない。チェーホフは二十歳という青春の華やぎが感じられる年齢をこの娘に与えるのを拒んだ。ソーニャは六年間アーストロフを愛しながらも、彼の心を捉えることがまったくできないでいる。そのアーストロフ自身も清廉の士フルシチョフとどれだけかけ離れた人物であることか。森林を守ることに情熱を傾け、まっしぐらに己の信じる道を突き進むフルシチョフは、千年たったあと人びとが幸福だとしたら、そこには植林をした自分の貢献も少しはある、とひたすら信じている。ところが、アーストロフは同じセリフを口にしたあと、「こんなことはすべて変人のすることかもしれない」と皮肉っぽくつけ加える。フルシチョフは暗い夜、森を歩いているとき遠くで瞬く灯火を見つけ出した、と語る。それは彼にとっては、ソーニャその人である。一方、アーストロフは自分の灯火を見つけることができずにいる。ソーニャの愛に気づきもしないアーストロフはエレーナとの一時的な情事を求めるのみで、誰のことも愛することができない。医者の仕事に疲労困憊し、森林の破壊と周囲の人びとの頽廃ぶりに絶望を感じているアーストロフの苦悶は、劇世界の中でワーニャの苦悩と響き合う。

2. ワーニャ伯父さんの悲嘆

この戯曲の題名はなぜ『ワーニャ伯父さん』なのだろうか？　たとえば、教授夫人エレーナは彼のことを名前と父称で「イワン・ペトローヴィチ」と呼んでいる（訳す際はワーニャさんとした）。彼を「ワーニャ伯父さん」と呼ぶのは姪のソーニャのみである。佐藤清郎氏は彼がソーニャの伯父としてしか存在しえないからだ、と指摘している。ワーニャ伯父さんはソーニャにしか必要とされない存在だというのである。

ワーニャ伯父さんは天使のように清らかな妹ヴェーラを愛し、その夫セレブリャコフ教授に仕送りをするため、二十五年間、身を粉にして働いてきた。セレブリャコフはペテルブルグの大学の教授であっても、給料は少なく、ワーニャの仕送りなしでは思うような生活ができなかったのだ。そしてヴェーラが亡くなった後、セレブリャコフはヴェーラの知人エレーナと再婚し、やがて退職してワーニャの領地に舞い戻って来る。いざ同居してみると、教授は高慢で利己的な人間であるうえに、学問の業績もさして認められていないことがわかる。しかもワーニャは若くて燦《かがや》かんばかりの美貌を持つエレーナにすっかり魅せられてしまう。チェーホフのすべての戯曲の中で、エレーナほどその美しさが強調されている女性はいない。エレーナの名は、その美貌が十年にも及ぶトロイア戦争の原因となった古代ギリシャ一の美女へレンから取ったものだ。

学者としてのセレブリャコフ教授を崇拝していたワーニャが、手のひらを返して、教授は芸術のことをまったく理解していないのに芸術について書いている、と批判しはじめたのはなぜだろう？　ワーニャ自身が成長して目が見開かれたからなのか？　教授の傲慢さを知るにつけ、彼の論文まで嫌いになってしまったのか？　教授が世間に認められていないことを知ると、彼の論文がつまらないものに思えてきたのか？　エレーナを愛するようになったせいなのか？いずれにしろ、教授の研究の客観的価値については、作品から判断することはできないし、そのこと自体は問題にされていない。それにしても、「二十五年間、賢い連中はとっくの昔に知っていて、頭の悪い連中にはくそ面白くもないことを読んだり、書いたりしてきたんだ」というワーニャの言葉はあまりにも辛辣だが、そのじつ、そういう研究書、研究論文は総じて少なくないのかもしれない。一方、ワーニャがかなり教養のある人物であることは、セリフの端々に感じられる。教授をこきおろして引用する詩「頭を抱え、額にシワ寄せ、頌詩を書けども、己にも、その詩にも賞讃の言葉、ついぞ聞かれず」は、ロシア・センチメンタリズムの詩人イワン・ドミトリエフ（一七六〇年～一八三七年）の諷刺詩『他人の解釈』（一七九四年）からの引用で、古典的な頌詩を批判したものだ。またワーニャは、退職後も延々と論文を書き続ける教授を揶揄して perpetuum mobile と名づける。「延々と物を書き続けるマシーン」と訳してみたが、これは「永久発動機」という意味のラテン語である。エレーナをフランス語風に「エレーヌ」と呼びかけるワーニャにはフランス語の素養もあるのだろう。第三幕においてソーニャが「ワーニャ伯父さんとおばあさまはパパのために本を訳して、パパの原稿を清書してたでしょ」と言っている。「ただの輔祭の息子」だったセレブリャコフ教授はフランス語がさして得意ではなく、ワーニャたちが代わりに訳していたとも考えられる。いずれにしろ、ワーニャたちは教授に対して経済的援助のみならず、論文執筆の手助けまでしていたのだ。「人生、台無しだ！ぼくは才能もあるし、頭もいいし、勇気もある……もしまともな生活をしてたら、ぼくはショーペンハウアーにも、ドストエフスキーにもなれたんだ……」という言葉がワーニャの口から迸り出るのも、ある程度納得がいく。ちなみに、チェーホフ自身ショーペンハウアーを好んで読んでいたし、このドイツの哲学者は十九世紀ロシアの作家、知識人に大いなる影響を与えていた。

3．セレブリャコフ教授は不幸か？

大学の教授という地位を射止めたセレブリャコフは、若いころから女性に持てた。最初の妻はワーニャの最愛の妹ヴェーラだ。ワーニャに言わせると、ヴェーラは「清らかな天使が自分と同じぐらい清らかで素晴らしい相手を愛するときにしかあり得ないような愛し方で」教授を愛していた。ヴェーラはつねに教授の健康状態を心配する余り、自分の方が先に天国へと旅立ってしまった。二番目の妻は教授よりもずっと若い、聡明で美しい、ペテルブルグの音楽院まで卒業した女性だ。またワーニャの母親はいまだに教授を崇拝している。

教授は退職しても夜遅くまで「研究」を続け、「納骨堂」に入れられたような今の生活への不満と体の不調を訴え、エレーナに八つ当たりをする。ツルゲーネフ（一八一八〜八三年）は痛風から狭心症になったが、自分もそうならなきゃいいが、と同時代の作家の病状を思い出して不安に陥る。その教授がエレーナにバーチュシュコフの本を探すようにと頼むのは、なぜなのだろう？　もちろん、バーチュシュコフがセレブリャコフの研究対象だということなのだろうが、なぜチェーホフはここでバーチュシュコフを選んだのだろうか？　コンスタンチン・バーチュシュコフ（一七八七年～一八五五年）はプーシキンにも影響を与えたロマン主義的傾向の詩人であり、一八八〇年代末には三巻の作品集が新たに出版されて再評価された。じつは『森の精』においても、セレブリャコフはエレーナにバーチュシュコフの本を探すように頼んでいる。『森の精』が書き上げられたのは一八八九年で、ちょうどこの作家の全集が出版されたばかりだった、というただそれだけの理由でチェーホフはバーチュシュコフを選んだのだろうか？　じつはバーチュシュコフは幼年期に亡くなった母親の遺伝で精神を病んでいた。統合失調症で妄想に苦しみながら六十八年間の生涯を送ったバーチュシュコフに、教授は自らの苦痛を重ね合わせた、と考えるのは考えすぎだろうか？　チェーホフその人に聞いてみないとわからないが。

セレブリャコフは老いの苦しみと共に生きている人物だが、そのじつ、非常に戯画的に描かれている。彼の極端な身勝手さ、無神経な言動はグロテスクですらある。ヴォイニツキー家を去るとき教授は、「みなさん、仕事をしなければなりませんよ！　仕事をね！」と言う。周囲の人びとの生活を乱し、今はただ何やら書いているだけの教授の口から出てきたこの言葉を、長年勤労にいそしんできたワーニャや、医者の激務と森林の保護に心血を注いできたアーストロフはどのような気持ちで聞いたのだろう。客席から巻き起こるのは苦笑いのみである。「私はこの数時間、大いに悩み、ずいぶん考え直したので、子孫たちのために教訓として、いかに生きるべきか、一大論文が書けそうな気がするよ」とも話す教授ほど他人の心を理解できない人間も少ないだろう。それでもワーニャは教授に対する怒りを爆発させた後も、なお仕送りを続ける。それはなぜだろう？　生活する手立てのない教授を見捨てるわけにもいかないからだろう。と同時に、これはワーニャの今は亡き妹への愛であり、エレーナへの愛でもあるのだろう。

4．医師アーストロフ

アーストロフはチェーホフ同様、医者である。アーストロフは決してチェーホフの分身ではないが、チェーホフの生き方がアーストロフの生き方に影を落としている。アーストロフは「復活祭の前に」流行した発疹チフスの治療のために寝る暇もないぐらい、村々を駆け回った。わかりやすいように「復活祭の前」と訳してみたが、原文では「四旬節の三週目」となっている。四旬節（東方正教会での正式名は大斎＝おおものいみ）とは、復活祭の前の七週間に及ぶ精進期のことである（日曜日を抜かして四十日数えるので、約七週間になる）。この間は、荒野で四十日間、断食をしたキリストにあやかって肉類と乳製品を口にしないことになっている。東方正教会の場合、復活祭は四月四日から五月八日までの、いずれかの日曜日に執り行われるが、「春分の後の最初の満月の次の日曜日」と定められているため、年ごとに復活祭の日にちは異なっている。いずれにしろ、春の復活祭まで間がある四旬節の三週目はまだ寒い精進期であり、その時期に発疹チフスの治療に駆け回るのはまさしく過酷きわまりない労働だろう。モスクワ近郊のメーリホヴォに住んでいたころのチェーホフもまた、疫病の治療のために村々を駆け回っていた。コレラがはやったあと、居住する郡におけるたったひとりの医師チェーホフは、助手も持たずに二十五の村々を駆け回ったのだった。チェーホフの妹マリアも、チェーホフは「年間千人以上の農民の患者を自宅にて無料で治療し、全員に薬を与えた」と証言している。アーストロフのセリフのなかにチェーホフの肉声がふと聞こえてくるように思えるのは、こういう事情によるものだろう。

アーストロフは森の保護にも精力を注いでいる。ここにも、チェーホフとの共通性が認められる。チェーホフは自然をこよなく愛した。新鮮な空気を吸うことに歓びを感じ、自らの庭で畑仕事に興じた。後年、持病の結核が悪化してヤルタに移り住んだ後も、チェーホフは庭仕事を好んだ。チェーホフがヤルタの家の庭に植えた木は、百年以上の歳月を経た今でも、チェーホフ博物館になった館の庭に聳《そび》え立っている。

チェーホフと多くの共通点を持つアーストロフは、百年後、二百年後、千年後に想いを馳せ、医師として人びとを助け、森を破壊から救おうと真摯に日々闘っている。にもかかわらず、自らを変人と名づけ、周囲の俗悪さに染まりつつある己の身を嘆いている。「オストロフスキーのどの戯曲だったか、口髭ばかり大きくて無能な男が出てくる……それがこのぼくだ」とアーストロフは言う。アレクサンドル・オストロフスキー（一八二三年〜八六年）はロシアのシェイクスピアと謳われた劇作家で、チェーホフに大きな影響を与えているし、いま現在も彼の戯曲はチェーホフ劇とほぼ同じぐらい頻繁にロシアの舞台で上演されている。さて、「口髭ばかり大きくて無能な男」というのは、オストロフスキーの戯曲『持参金のない娘』（一八七八年）に登場するパラートフがカランドゥイシェフに自己紹介をしたときの言葉である。アーストロフは髭をはやしていて、自分を無能だと感じるから、この言葉を引用するのだろうか？　ここで、『持参金のない娘』の劇世界を少し覗いてみたい。聡明で美しいが持参金のない娘ラリーサは魅力的なパラートフを愛するようになるが、パラートフは彼女の求婚者たちを蹴落としておきながら、急に姿をくらます。しぶしぶカランドゥイシェフと婚約せざるを得なかったラリーサの前に再びパラートフが現われ、ラリーサを船での遊覧に誘う。ラリーサは婚約を破棄し、すべてを投げうってでもパラートフに添い遂げようと心に決めるが、パラートフは財産のある別の女とすでに婚約しており、婚約者と別れる気は毛頭ないと告げる。失恋に絶望して自殺を決意しつつも実行できないラリーサは、嫉妬に狂った婚約者カランドゥイシェフに撃たれて亡くなる……チェーホフがアーストロフにパラートフのセリフの一部を語らせたのは、エレーナに対して一時的な情事しか求めないアーストロフが、ラリーサの命がけの愛を受け容れようとしないパラートフにどこか似通っているからなのだろうか？　ちなみにチェーホフは、エレーナの役を演じた妻のオリガ・クニッペルへの手紙の中で、四幕のエレーナとの別れの場面において、アーストロフがエレーナを熱烈に愛していると考えるのは間違いだ、と書き綴っている。

5．ワーニャとソーニャ

『ワーニャ伯父さん』という作品の中に救いを見出すことは可能だろうか？　幸せになる人間はひとりもなく、ひとつの恋も実ることなく、真の和解もなく、やって来た人びとは立ち去り、同居している者たちと共にワーニャとソーニャだけが寂しい田舎の住まいに取り残される。彼らがこれからすることといえば、多くの雑用からなる領地経営だけである。「なにもかも今までどおり」というワーニャの言葉が虚しく響く。領収書を読み上げるワーニャの声、テレーギンが奏でるギター、番人がたたく拍子木、小冊子になにか書き込むワーニャの母、靴下を編むマリーナ――すべてが以前と変わらない日常の情景だ。教授とエレーナの到着でかき乱された日常も、彼らの出発の後、一見なにごとも起こらなかったかのように戻ってきている。これがチェーホフだ。とはいえ、静かに響くソーニャのセリフはあまりにもうつくしい。運命が与える数々の試練に辛抱強く耐え、そのときが来たら死んでいきましょう、とソーニャは諭す。死後の光に満ちた素晴らしい薔薇色の生活、空一面に燦きわたるダイアモンド、すべての苦しみを包み込んでくれる神さまの慈愛……このソーニャのセリフの中には「わたしたち」という言葉が執拗なほど繰り返し現われる（訳すときは少し省略した）。これは、ソーニャとワーニャの心の繋がり、精神的絆《きずな》を表わしているのだろう。**Мы отдохнём.** とソーニャは幾度も言う。「わたしたち休めるのよ」と彼女は言っているのだが、私は「わたしたち、安らかな気持ちになれるの」「わたしたち、安らかになるの」と訳してみた。そしてこの言葉の最後の繰り返しだけ、「わたしたち、ゆっくり休めるの」としてみた。働きづめの彼らに、せめて天国ではゆっくり休んでほしい、と思ったからだ。

ソーニャのセリフに救いはあるのか？　ここに語られているのは死後の幸せのみである。それでも、なんらかの救いが見出せるのは、詩そのもののように清らかでうつくしいソーニャの言葉を聞いていると、その哀しみの奥から透けて見える安らぎが、明らかに愛と慰めという色彩を帯びているからだ……

訳者あとがき

『ワーニャ伯父さん』は私にとって、チェーホフの四大戯曲の中で最も心に沁みる作品である。ワーニャ、ソーニャ、アーストロフ、エレーナ、セレブリャコフ――それぞれの人物が苦悩し、自らの心の問題、生活の問題を抱えながら生きている。それらがせめぎ合い、重なり合い、響き合い、見事な苦悩のポリフォニーを奏でている。

ふたつのセリフが私の胸に突き刺さった。ひとつは、「まともに生活していたら、ぼくはショーペンハウアーにも、ドストエフスキーにもなれたんだ……ああ、くだらんことを言ってしまった」というワーニャのセリフだ。雑務、雑用のなかに埋没してしまうような生活を送るなか、このような言葉が胸から迸《ほとばし》り出る人は決して少なくないように思われる。ドストエフスキー、ショーペンハウアーとまでは言わないにしても、もう少しましな人間になれたはずだ、という心の叫びをぐっと抑えつつ生きている人たちにとって、ワーニャ・ヴォイニツキーは身近な存在であるに違いない。

もうひとつは「この世界が滅びるのは、強盗や火事のせいじゃなくて、憎しみや敵意やこういうつまらない諍いのせいよ」と諭すエレーナのセリフに答えるヴォイニッキーのセリフだ。「まずぼくを、ぼく自身と仲直りさせてください！」――これは意味深長な言葉だ。自らを偽ることなく自分自身と折り合いをつける、自分自身をありのまま受け容れる、自分の中に住む複数の異なった「自分」が持つ矛盾を解決する――これほど大切で、ときとして、これほど難しいことはないのではないだろうか。

『ワーニャ伯父さん』は森林保護の問題、決して実ることのない恋愛、老いの苦しみ、人間の精神の荒廃と腐敗などを描いているが、いちばん大切なテーマは、自分自身といかに向き合うか、自分の身近な人にどう接し、どのような関係性を持つか、という根源的な問題だろう。登場人物たちの苦しみの主たる原因は近しい人びととの関係の中にある。チェーホフはこの問題を提起しただけで、答えるのは私たち自身である。

*

『ワーニャ伯父さん』は私にとって想い出深い作品でもある。モスクワやサンクトペテルブルグでさまざまな演出の『ワーニャ伯父さん』を観た。心に残っているのは、モスクワのマールイ劇場の『ワーニャ伯父さん』（セルゲイ・ソロヴィヨフ演出、一九九三年初演）だ。『森の精』でエゴール・ヴォイニツキーを演じていた名優ユーリー・ソローミン（一九三五年〜二〇二四年）が、『ワーニャ伯父さん』でもワーニャ・ヴォイニツキーを演じ、ふたりのヴォイニツキーを見事に演じ分けていた。四幕においてアーストロフが立ち去る場面について、ソローミンは私にこう語った。「アーストロフがソーニャに、何かあったら知らせてほしい、と言っていますが、これはワーニャが病気になることをアーストロフが予感しているのだと私は思います。また、チェーホフがワーニャに最後のセリフを語らせなかったのは、深く悲しんでいる人間は言葉を発しないものだからです。チェーホフはワーニャの代わりに、ソーニャに語らせました。なぜなら、沈黙の方がより深く悲しみを表現することができるからです」――たしかに、フィナーレにおいてワーニャを演じるソローミンの悲しみには胸を抉《えぐ》るような痛みが感じられた。同時に、四幕の静謐な哀愁のただようフィナーレには清らかな透明感があって浄化されるような気がしたが、もう二度と、舞台であの『ワーニャ伯父さん』を観ることはできない。黒澤明の映画『デルス・ウザーラ』で主役を演じ、マールイ劇場の芸術監督でもあったソローミンは、何年も前からすでにワーニャを演じなくなったし、二〇二四年一月には帰らぬ人となった……。

一九八三年にボリショイ・ドラマ劇場の日本公演で観た『ワーニャ伯父さん』は、俳優たちの表情や舞台での動きの一部を再現できるほどよく憶えている。今は亡き名演出家ゲオルギー・トフストノーゴフ（一九一五年～一九八九年）の演出で、卓越した俳優たちがまさしく舞台の上で生きていた。バシラシヴィリ演じるワーニャも、シェスタコーワ演じるソーニャも、ラヴロフ演じるアーストロフも、私が頭の中で思い描いていた通りの人物だった。

二〇〇九年に初演された、鬼才リマス・トゥミナス（一九五二年～二〇二四年）演出の『ワーニャ伯父さん』では、まだ若い俳優の演じる若々しいセレブリャコフが第二幕、「足が痛い」と言いながら、白い衣裳をまくり上げて舞台を走らんばかりに歩いて、客席に爆笑を巻き起こしていた。床の上にすわり込んでなまめかしくポーズをとるシニカルでエキセントリックなエレーナ、ときとしてヒステリックで過激なソーニャ、荒々しく不良っぽいアーストロフなど、人物たちがかなりデフォルメされた斬新な舞台だったが、激しい絶望感がひしひしと伝わって来た。

*

今回の翻訳では、登場人物たちの心の声、心の叫びが読者の方々、観客の方々の胸に、直に届いていくような訳をめざした。注意を逸らさないために本文中には注釈を記さず、解説において必要最小限の説明を書き綴ってみた。翻訳の際、神西清氏、小野理子氏、浦雅春氏の翻訳を参考にさせていただいた。

思えば、卒論で『かもめ』について、修士論文で『三人姉妹』について書いた後も、なぜか私が依頼を受けた仕事の多くがチェーホフと関係したものだった。まるでチェーホフその人が私を選んでくれているような錯覚に陥る瞬間もあった。だがもちろん、それはチェーホフと私を繋いでくださる方々がいたということだ。はじめて私にチェーホフ劇（『三人姉妹』）の翻訳を勧めてくださった堀江新二氏、『ワーニャ伯父さん』の翻訳を譲ってくださった岩田貴氏、私の翻訳で何度かチェーホフ劇を上演してくださった文学座の五戸真理枝氏には感謝しきれない思いでいっぱいである。横浜ロシア語センターで私の『ワーニャ伯父さん』の講読の授業に熱心に参加してくださった丸山紀代さん、杉谷共美さん、瀧澤三佐子さんにも心から感謝している。彼女たちと一緒に『ワーニャ伯父さん』を読むことは私に刺激とインスピレーションを大いに与えてくれたし、私たちは講読を通じてまぎれもなく創造的な活動を行なっていた。最後に、この複雑なご時世に『ワーニャ伯父さん』の翻訳の出版を決心してくださった群像社の島田進矢さんに、この場を借りて心より御礼申し上げたい。

二〇二四年十二月一日

安達　紀子

チェーホフ

（アントン・パーヴロヴィチ・チェーホフ）

（1860 ～ 1904）

ロシア帝国下、アゾフ海沿岸の町タガンローグで雑貨商の家の三男として生まれる。子供の頃から様々な仕事をしながら学業をつづけ、モスクワ大学医学部に入る。在学中からユーモア作品などを次々と雑誌に発表し、卒業後、本格的な作家活動を始めた。多くの中短編小説で人気を博し、医師として地域活動もした。後年に発表した四大戯曲と呼ばれる『かもめ』『ワーニャ伯父さん』『三人姉妹』『さくらんぼ畑（桜の園）』はモスクワ芸術座を皮切りに現代に至るまで世界各地で上演されており、未来に投げかけられた光はいまも人びとの心に届いている。

訳者　**安達紀子**（あだち のりこ）

専門はロシアの演劇と文学。早稲田大学大学院文学研究科博士課程（露文専攻）を経て、朝日新聞モスクワ支局で勤務、その後早稲田大学、慶應義塾大学で講師となる。著書に『モスクワ狂詩曲』、小野梓芸術賞を受賞した『モスクワ綺想曲』、『ロシア　春のソナタ、秋のワルツ』（いずれも新評論）、訳書にチェーホフ『三人姉妹』、ゴーリキー『どん底』（ともに群像社）、チェーホフ『桜の園』（未来社）、共訳書にスタニスラフスキー『俳優の仕事』（日本翻訳出版文化賞、未来社）などがある。1999 年、ロシア文化省よりプーシキン記念メダルを授与される。

ロシア名作ライブラリー 16
ワーニャ伯父《おじ》さん　四幕からなる田舎暮らしの情景
2025年2月14日　初版第1刷発行

著　者　チェーホフ
訳　者　安達紀子
発行人　島田進矢

発行所　株式会社 群 像 社
神奈川県横浜市南区中里 1-9-31 〒232-0063
電話／FAX　045-270-5889　郵便振替　00150-4-547777
ホームページ　http://gunzosha.com　E メール info@gunzosha.com
印刷・製本　モリモト印刷

カバーデザイン　寺尾眞紀

А. П. Чехов
ДЯДЯ ВАНЯ
A. P. Chekhov
UNCLE VANYA

ISBN978-4-910100-41-8　C0397

万一落丁乱丁の場合は送料小社負担でお取り替えいたします。

ロシア名作ライブラリー

三人姉妹　四幕のドラマ

チェーホフ　安達紀子訳　世の中の波から取り残された田舎暮らしのなかで首都モスクワへ返り咲く日を夢見つつ、日に日にバラ色の幸せから遠ざかっていく姉妹。絶望の一歩手前で永遠に立ち尽くす姿がいつまでも心に残る名戯曲を新訳。

ISBN978-4-905821-25-0　1000 円

かもめ　四幕の喜劇

チェーホフ　堀江新二訳　作家をめざして日々思い悩む青年コースチャと女優を夢見て人気作家に思いを寄せる田舎の娘ニーナ。時代の変わり目で自信をなくしていく大人社会とすれちがう若者の愛。チェーホフ戯曲の頂点に立つ名作を、声に出して分かる日本語にした新訳。

ISBN978-4-905821-24-3　900 円

さくらんぼ畑　四幕の喜劇

チェーホフ　堀江新二 / ニーナ・アナーリナ共訳　長い間、生活と心のよりどころとなっていた領地のさくらんぼ畑の売却を迫られる家族….。未来の人間の運命に希望をもちながら目の前の不安定な人たちの日々のふるまいを描き、「桜の園」として親しまれてきた代表作を題名も一新して現代の読者に届ける。

ISBN978-4-903619-28-6　900 円

結婚、結婚、結婚！　熊 / 結婚申込 / 結婚披露宴

チェーホフ　牧原純・福田善之共訳　40 過ぎまで「結婚しない男」だったチェーホフが 20 代の終わりに書いた結婚をめぐる 1 幕劇 3 作。「結婚申込」は劇作家・演出家と共訳で強烈な方言訳、斬新な翻訳でチェーホフ劇の面白さを倍増させた新編。

ISBN978-4-903619-01-9　900 円

価格は税別